너를 어떻게 하면 좋으냐 너를

김 원 식 저

대통령님 김 위원장님
저희 가족을 개성시 자남동
자남여관에서
하루를 보내게 해주세요

글을 시작하면서

윤석열 대통령님.
김정은 국방위원장님.

저희 가족을
개성시 자남동
자남여관에서
하루를 보내게 해주세요.

이승에서 눈을 감기 전에
제가 나고 자란 그곳에서
꼭 하루를 보내고 싶습니다.

비록 지금 부모님은 그곳에 안 계시지만
꼭 그렇게 해야만 할 이유가 있습니다.
간곡하게 부탁 드립니다.

2022년 봄
저자 김 원 식 올림

목 차

3부. 젊은 놈이 다시 시작   087 ~ 124

1부
보고 싶은
어머니 그 모습

너를 어떻게 하면 좋으냐 너를

엄마의 기억

엄마를 기억 하는 것은 상여 나가는 것이다. 누군가에 등에 업혀 흥얼거리니 엄마 간다 엄마 간다 한다. 6살 때 아버지가 일하시는 곳에 사택이 있었고 어느 날 용인에 나를 데리고 간다. 산 속에 와 아버지는 여기가 엄마가 계신 곳이다.

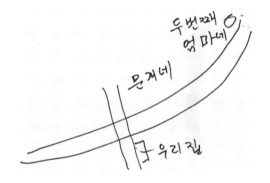

엄마가 계신 곳을 강조하신다. 나는 무슨 말인지 모르며 고개를 끄덕인다. 저녁엔 두 번째 엄마의 누군가가 결혼식이 있었다. 8살 다시 한번 엄마의 산소를 찾는다. 아버지는 내가 초등학교를 들어간다고 이야기 하는 모양이다. 여기가 엄마가 계신 곳. 용인 제일리, 용인 제일리라고 말한다. 나는 국민학교에 입학할 때 두 번째 있었으나 언제부터인지 엄마가 보이질 않는다. 그리고 얼마 뒤 큰 누나가 서울에서 결혼한다.

8~9살 세 번째 엄마가 들어온다. 혁명이 일어나 군대 갔다 오지 않은 사람은 공무원서 배제되어 아버지는 정양원에서 그만두신다. 대신 작은 누나가 정양원 식당에서 일한다. 대신 우리 집은 군인과 목수 아저씨들이 밥 먹고 현장으로 출근한다. 집에선 아버지는 나에게 한문으로 내 이름 아버지 이름 돌아가신 엄마의 이름을 매일 적고 읽고 쓰게 한다. 어느 날인가 세 번째 엄마가 뭐라고 했는지 엄마의 이름은 쓰지 않게 한다. 그래도 삐뚤빼뚤 한문이름 쓰는 것 보고는 군인아저씨와 목수 아저씨들은 칭찬을 해주며 극장구경도 시켜준다. 내가 처음 본 영화는 굿바이 존이라는 영화다. 60년이 흘렀지만 지금도 스토리와 일부 배우 이름은 알고 있다. 어떤 날은 군인아저씨들이 하사 한 분과 언쟁을 한다. 한문으로 이름 쓸 줄 아느냐였다. 당시에는 군인 아저씨들이 한문이름 쓸 줄 모르는 분이 더러 있었다. 그 와중에 한 군인 아저씨가 누나와 가까이 지내 아버지의 허락을 받아 사귀는 중 아버지와 나에게도 끔찍하게 잘 한 것으로 기억한다.

둘째 매형

9~10살 사이에 아버지는 어린이 잡지책을 구해 주신다. 아버지는 매일 신문의 일부분을 읽게 했다. 열 살 3학년 초에는 과외 선생을 두어 나에게 학교 공부 위주가 아닌 신문과 한자를 읽게 하는 동시에 쓰게 한다. 학교 공부는 학교에서 배우면 되고, 신문은 이 다음 남자는 신문과 한자는 어느 정도 알아야 한다면서 한 6개월 정도 배웠는지 모른다. 아버지가 하는 일이 잘 안 되는 모양이다.

3학년 여름 방학 때 나를 서울로 데려간다. 동대문 이화장 이승만 대통령이 계시던 곳 이화장 뒤에 담을 끼고 계단 위에 조그마한 집이 있으며 아버지와 두 번째 엄마가 살고 계신다. 두 번째 엄마는 나를 꼭 안으면서 잘 왔다고 한다.

이화장의 두 번째 엄마

아버지와 두 번째 엄마는 구멍 가게를 하며 아침 일찍 시장에 갈 때는 나를 데리고 다니면서 구경을 시키면서 남자는 노는 날이어도 집에 있으면 안 된다고 하면서 가계에서 제일 맛있는 아이스크림은 삼광 파인애플 아이스케키로 지금 보면 파인애플 가운데 잘라 논 느낌 아주 맛있었던 같다. 나는 시간 나는 대로 이화장에 놀러 가면 여러 명의 내 또래 아이들과 놀 수 있어 시간 가는 줄 몰랐다.

이화장 안에는 넓은 정원이 아름다우며 친구들과 숨바꼭질 하기가 매우 좋았다. 지키는 사람이 있었지만 우리를 나무라지는 않았다. 아버지는 동대문 이화장 옆에 계실 때가 제일 행복한 시간이었는지 모른다. 시간 나는 대로 시장의 여기 저기 데리고 다니는 것 있지 않으시고.. 3학년 겨울 방학 때 일주일 정도 두 번째 엄마네 있다가 서대문 영천에 할머니집에서 얼마쯤 지내고 수원에 내려와 보낸다. 겨울엔 아버지가 썰매를 만들어 주면 조금만 내려가면 화서문 개울 위에 큰 다리 위에 건물이 있는 곳 옆에는 연못이 있으며 겨울철에는 우리의 썰매장이고 여름에는 수영장이 된다.

어느 봄날 광교 큰 호수가 있는데 사는 반 아이들이 같이 가자고 한다. 수원 광교호는 당시에 미군들의 식수였으며 일반인의 접근금지지역이다. 지금도 광교호는 낚시와 수영금지구역이다.

호수 둑 위에 큰 잠자리 비행기가 내려오면 둑 밑
에서 뭐라 하면 껌과 과자와 여러 가지를 확 뿌린
다. 우리가 그것을 주우면 우리를 향해 사진을 찍
으면서 웃는다. 우리는 개의치 않고 과자와 껌을
줍는다.

내 동생 재홍이

여름이 오자 아버지의 몸은 많이 안 좋은 상태가
되어 혓바닥이 검게 변하면서 혓바닥이 갈라져 고
통스러워한다. 나에게 보이질 않으려고 많은 고통
을 참는다. 7월 20일경 학교에서 오니 아버지가 부
엌에서 미역국을 끓이며 원식아 동생이 생겼으니
방에 들어가 보란다. 방에 들어가니 아랫목에 애기
가 누워있으며 세 번째 엄마가 너의 동생이니 만져
보란다. 이름이 홍식이란다. 나는 재홍아 재홍아
내 동생 하면서 부른다. 9월 말이나 10월초에 아버
지는 우측에 동생과 엄마를 앞에는 누나와 나를 보
면서 원식아 너는 커서 동생과 누나를 데리고 개성
에 있는 아버지가 태어나고 자란 큰 집에 데리고
가란다. 아버지의 소원은 너를 데리고 제주도 모슬

포에 있는 은인과 개성집을 데리고 가는 것이 꿈이지만 원식이가 커서 아버지의 꿈이 이루어지기 바란다. 동생 잘 챙기고. 아버지와 우리의 마지막 유언인지 모른다. 나는 무슨 뜻인지 모르지만 누나는 흐느끼면서 걱정 마라고 한다. 며칠 후에 두 번째 매형 되실 분이 와 있다. 아버지는 매형에게서 양복 만드는 것을 가르쳐주면 한다고 하나 매형은 걱정 말라면서 손을 잡는다. 걱정하지 마라 몇 번인가 되뇌이니 누나가 울면서 걱정 마라고 한다.

너를 어찌하면 좋으냐 너를

며칠 후 아버지는 나를 보면서 너를 어찌하면 좋으냐 너를 어떡하면 좋으냐 하면서 우신다. 며칠 후 아버지는 돌아가신다.

아버지가 돌아 가신 후 나는 서울 큰누나네 작은누나는 마산 시댁으로 들어간다. 큰누나네는 매형 형님이 운영하는 풍원 방앗간 안에 조그마한 단칸방이 있어 또한 일부는 작업장으로 쓰고 있고 매형이 새로 시작한 종이업종으로 그때는 누구나 할 것 없이 다 어려울 때이다.

아버지의 49제는 탑골승방 여승들이 삼천 명이 넘는다고 한다. 49제에 많은 사람들이 와 49제를 지낸다. 잠은 냉천동 할머니댁에서 밥은 누나집에 먹고 금화국민학교 5학년에 다닌다. 할머니집과 누나집은 약 1km정도 떨어져 있어 할머니댁에서 자고 누나집에서 밥 먹고 학교 가는 것이 정말 싫었다. 큰누나 또한 내가 왔다 갔다 하는 것을 안쓰러워 하였다.

아버지의 49제 탑골승방

어느 봄 날 학교에서 와 보니 세 번째 엄마와 홍식이가 와 있다. 큰누나와 무슨 이야기를 하는지 심각하게 이야기를 나눈 뒤 재홍이와 엄마는 가는 것 같다. 나 또한 학교에 적응하지 못하고 여름이 지나 가을이 올 때 교무실에서 나를 부르며 선생님 한 분이 나보고 무어라고 하는데 내 귀에는 웅웅대는 소리만 들린다. 벌써 몇 번째냐는 소리만 들린다. 어느 날은 우리 선생님이 나를 감싸주시면서 교실로 데려가지만 선생님이 없을 땐 귀가 먹먹하다. 새로 시작하는 5학년이지만 나에게는 모든 것이 귀찮다.

어느 날 나는 동대문에 있는 두 번째 엄마네를 찾아간다. 이화장 옆 가게는 딴 사람이 하고 있으며 나는 어떻게 찾았는지 조그마한 집에서 엄마를 찾는다. 엄마는 나를 끌어안고 우시는 모양이다.

엄마, 같이 살면 안 돼?

나는 엄마에게 "엄마! 나하고 같이 살면 안돼?" 하고 물으니 한참을 생각하다 그래 같이 가자며 나를 데리고 큰누나한테 온다. 그리고는 큰누나에게 엄마는 "내가 키울게"하며 고등학교 때까지 맡겠다고 누나에게 말한다. 누나는 안 된다고 말하는 모양이다. 몇 번이나 누나에게 키우겠다고 하니 누나 또한 안 된다고 되뇌이는 같다. 엄마는 나를 꼭 껴안으면서 열심히 공부하라면서 간다.

그 뒤 나는 학교에도 흥미와 모든 것을 잃어 어느 날은 인왕산 중턱에 올라가면 축구장만한 넓은 평지가 있어 어느 날은 어른들이 공차기를 하면 나 또한 끼어 공차기 한 적도 있다. 학교 가면 선생님이 교무실에서 나를 붙들고는 자꾸 무어라 하니 정말 학교 가기 싫다. 나는 작은 누나네 마산에 간다고 서울역에 갔지만 누군가가 나를 붙들고는 차에 태운다. 가방은 한쪽 구석에 던지며 나를 태운 차는 나 말고 여러 명이 차에 있었으며 나를 데리고 간 데는 수색에 있는 아동보호소. 여기에는 내 또래 애들이 많이 와 있으며 얼마 지나지 않아 학교 갈 애들은 별도 공부를 가르친다. 여기 와있어도 공부를 게을리 하면 안 된다고 하면서 여름이 지나고 겨울이 지날 즈음 여기 있으면 안될 것 같아 도망가기로 한다. 열 명이 도망가면 9명이 잡혀온다. 나는 여러 친구들이 어디로 도망갔냐고 물으면 대부분 서울역 쪽이다. 나는 반대로 철길 따라 얼마를 갔을까 날은 어두워지고 있는데 어느 한쪽을 보니 군인 텐트촌이 보인다. 텐트촌에 가보니 군인이 아니다. 일반인들의 텐트촌이다. 나는 중간쯤 되는 곳에 앉아 춥다고 하니 한 아주머니가 나를 안으로 데려가면서 "춥지" 하면서 조금의 밥을 주면서 이게 다라고 옆에는 아이들 둘이 자고 있으며 나 또한 옆에서 깊은 잠이 들었다. 아침에 애들을 깨우며 나 또한 일깨우면서 밥을 먹으라고 한다. 아이들은 학교를 가고 아주머니는 나를 보면서 이제는 어디를 가느냐고 묻길래 마산에 작은 누나가 있으며 누나한테 간다고 하니 50원을 주면서 가다가 빵이라도 사먹으라고 준다. 나는 기차길을 한참 가다 어느 역인지 모르지만 역에 잠시 서있는 기차를 타고 한참을 지나 용산역에 정차한다. 앞쪽으로 한참 가니 많은 사람 들이 있다. 조금 더 앞쪽으로 가니 군인들과 가족이 나와 이별을 하는 모양이다. 지금 생각하면 월남파병 군인들이 아닌가 싶다. 나는 걷다 또는 버스를 타고 수원을 지나 화성으로 갔다. 수원 화성은 무슨 행사가 있는지 많은 사람이 가족과 함께 즐거운 시간을 보낸다. 행사기간 잘 데가 없어 서성이니 어느 3~40대 되는 사람이 같이 가서 자자고 한다. 나는 아저씨를 따라 온 사당 안에 이불과 여러 가지 물품이 있어 잠을 잘 수 있어 낮에는 고궁 행사장에서 시간 보내면 어른들이 먹을 것 또는 돈을 주고 간다. 이틀인가 삼일 째 되는 날 순경 아저씨와 동네 분들이 사당 주위에 몰려와 있다. 순경 아저씨들이 나와 아저씨를 분리해 나를 어느 파출소에 데리고 간다. 파출소에서 종이와 연필을 주며 아버지 이름 적으라 한다.

파출소 한수교 아저씨

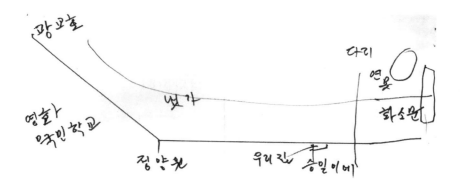

아버지 김성진
한문 김주사

김주사는 무엇이냐 묻는다. 아버지의 친구들이 부르는 이름이라고 하니 고개를 끄덕인다. 아버지는 어디 계시냐 묻길래 돌아가셨다고 하니 고개를 끄덕인다. 어디엔가 전화를 하면서 무엇이라고 하는데 무슨 말인지 모르겠다. 순경아저씨는 나에게 뜨거운 국밥을 시켜준다. 먹고 나니 잠이 와 얼마를 잤는지 일어나니 옆에 아저씨 한 분이 나를 보고는 잘 잤냐고 묻는다. 고개를 끄덕이니 아저씨는 나를 보고 가자고 한다. 그때가 날이 어둑어둑할 때다.

차를 타고 걸어서 가니 집이 나오면서 할머님이 나를 부엌으로 데리고 가 옷을 벗겨 아궁이에 내 옷을 태우며 뜨거운 물로 나를 씻긴다. 이게 무어냐 이게 무엇이냐면서 눈물을 훔친다. 할머님은 새 옷으로 입힌다. 사랑방 할아버지와 같이 자게 한다. 아침에 일어나 밥 먹으로 안방으로 가니 할아버지와 아저씨 나와 한 상 옆에는 할머님 아주머니 그리고 딸 둘 남자아이가 나를 보면서 웃는다. 아마 세 살, 네 살 정도일까?

할아버지와 할머님

아저씨는 식사하신 후 바깥으로 나가신 후 저녁에 들어오신다. 할아버지는 아침 일찍 소죽을 쑤어 소들에게 주어 어느 날 내가 소죽 주는 걸 도우려 하니 아직 이르다 하시며 너는 어느 성씨냐고 묻는다. 나는 청풍 김씨라고 하니 아주 귀한 자손이라고 하면서 나의 머리를 쓰다듬는다. 아주머니 시장에 갈 때는 나를 데리고 가 제일 먼저 나에게 먹을 것 호떡 과자 사주면서 내 옷이나 여러 가지 물품을 산다. 동네에 내 또래 아이들보단 옷을 제일 깨끗이 입고는 한다. 아마 그래서 그런지 또래 아이들 한 두 명 있을 땐 다정하고 친절하지만 서너 명이 모이면 이야기가 달라진다. 나에게 할 말 못할 말 마구 한다. 어느 날 시장에 가던 아주머니는 내 옷을 사면서 아저씨가 내년에 학교에 보내준다고 한다고 하면서 집에서도 공부를 게을리 하지 마란다고 말한다. 어느 날 이발소에 가니 어린이 잡지책과 신문이 있어 기다리는 동안 어린이 잡지를 보고 있으니 책 볼 줄 아냐고 한다. 어린이 책과 어른들이 보는 신문의 한문 아는 것과 같이 읽으니 이발소 아저씨와 옆에 있는 아저씨는 한참 나를 보고는 몇 마디 나에게 말을 건네지만 무슨 말인지 모르겠다.

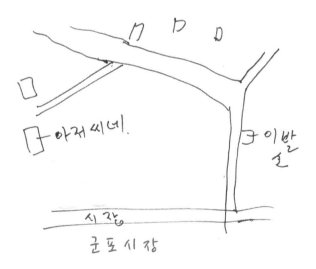

너는 성씨가 무엇이냐? 청풍 김씨에요

그 일이 있고 난 후 할머님과 할아버지는 나의 머리를 쓰다듬는 일이 자주 있었다. 아마 나에게 친할머님 할아버지는 보지 못했지만 할아버지 할머님 아버지 엄마의 진심 어린 사랑, 나에게는 이때가 제일 행복했던 기간인지 모른다.
할아버지, 할머님. 한수교 아저씨, 아주머니
큰딸은 나와 동갑인가 한다.
한영회 놈새 아들 한영식
내 기억하고 있는 전부 다. 지금도 나에게는 제일 소중하고 잊고 싶지 않은 정지된 사랑의 공간이다. 어려움이 있을 땐 시골길을 걸으며 만사 잊어버리곤 한다. 할머님 할아버지를 생각하면서...

역무원 아저씨

수박이 한참 날 때 저녁쯤 동네의 내 또래의 아이들이 우연찮게 동네 입구 삼거리에서 우연찮게 만난다. 나 또한 지게를 지고 있었는데 아이들은 나를 보더니 시비를 걸면서 할 말 못할 말을 해대는데 뭐라 하면서 시비를 건다. 참고 있었지만 작은 누나가 보고 싶다. 나는 그 길로 지계 옆에 죄송하단 글을 남기고 언덕을 넘어 기차역전으로 간다. 거기에도 동네 건달 형들이 쫓아왔지만 어느 형이 이 기차를 타고 빨라 가라고 한다. 마침 기차는 마산을 지나는 것이다. 다행으로 생각하면서 얼마를 갔을까? 승무원 아저씨가 표 검사를 하면서 나한테 오는데 아무 말 없이 가만히 있으니 어디를 가냐고 묻길래 마산 누나에 가는데 돈과 책가방을 잃어 버렸다고 울먹인다.

아저씨는 가만히 나를 보더니 옷 자체는 반듯하고 옷은 깨끗이 입은 걸 보더니 기차표에 뭐라 쓰고 마산에 내려서 기차표를 내라고 하면서 천원을 주면서 사먹으면서 잘 내려가라고 한다. 그때에는 서울서 마산까지 10시간 이상 걸리며 기차 타고 가는 것 자체가 힘들 때였다. 역전 앞에서 팥죽 요기한 다음 신마산이 어디로 가느냐고 물으면서 얼마쯤 갔을까 삼일오라는 양복점 간판이 보이면서 문 앞으로 가니 누나가 아주머니들과 이야기 중이다.

삼일오 양복점

나는 다가가서 누나! 하고 부르니 누나는 깜짝 놀라면서 나를 끌어안고 통곡을 한다. 누나는 한번 보더니 안심하는 눈치다. 내가 그나마 할머님과 가족들의 보살핌으로 그나마 깔끔한 차림으로 나타났으니 말이다. 그 때가 초저녁 때일 것이다. 누나는 밥을 먹이곤 서둘러 서울 누나네 전화한 뒤에 서울로 나를 데리고 간다. 도착하자 조금 있으니까 역전에 큰 누나가 와 바로 기차와 버스를 타고 어디로 간다. 나중에 보니 일영이란 역 간판이 보인다. 얼마를 걷다 보니 그래도 큰 집이 보인다. 들어가 할머님이 눈이 안 보이는 분 앞에 누나들이 무릎을 꿇으면서 할머니하고 부른다. 할머니는 나를 끌어안고는 한참을 우신다. 누나들은 할머니와 외삼촌 외숙모에게 잘못했다고는 무릎 꿇고 빈다. 할머니는 누나한테 그렇게 힘들면 애를 놓고 가라면서 막 나무란다. 나는 졸려서 얼마를 잤을까 누나들은 밥 먹고 가라면서 서두른다.

외할머니의 충격과 눈

외할머니는 내가 집을 나갔다는 이야기를 듣고는 졸도와 우시기를 반복하시다 눈이 머셨다 한다. 할머닌 처음이자 마지막으로 뵌 것이나 다름없다. 나는 서울 큰누나네 와 얼마를 지났을 때 큰 누나 또한 방앗간 큰 집에서 조금 떨어진 조금 큰 집으로 이사를 와 나를 데리고 있을 여력이 생겨 어느 날 누나는 나를 붙들고 이제는 중학교에 들어가 고등학교까지는 나와야 한다고 나에게 여러 번 이야기

했지만 나는 학교 이야기만 나오면 선생님들의 얼굴이 떠오르면서 나에게는 아마 그때 선생님의 말과 행동이 웅웅거리면서 아무 소리도 들리지 않는다. 나는 누나에게 학교 이야기하지 말라고 하면서 또한 동네 옆 대신 중고 내 친구들과 반 아이들은 3학년이 되는데 나는 1학년부터 시작하는 것 또한 싫었는지 모른다.

15살쯤 되었을 때 고모부는 대한일보에 사진제판부 있었는데 누나가 고모부 이야기해 신문로에 있는 제일사라는 사진 제판하는 곳의 신문사 잡지사 등 여러 곳을 거래하면서 여기에는 5명이 바쁘게

일하는 것 기술직종이다. 나는 주로 심부름을 주로 신문사 잡지사 등 여러 곳을 심부름 한다.

송창식 형

여기에는 내 바로 위에 형 송창식이라는 형이 있다. 조그만 유리 위에 말린 계란 흰자위 가루로 만든 가루를 유리 위에 얇게 필림을 만들어 사진을 복사해 사진 촬영하는 일 보조로 일하면서 집은 마포라고 하면서 일이 끝나면 음악다방을 주로 간다고 한다. 5~6개월 일했을까? 여기 일하는 것 그만두고 누나네 일하는 것 도와주면서 시간을 보내니 매형은 2~3일에 500원을 준다. 나는 돈을 모아 3만원이 될 때 누나 한테 마산 누나네 간다고 나온다.

마산 작은 누나네 내려가니 최소림 김명만이라는 동갑내기 친구가 있어 마음의 위안을 받아 5~6개월 일하면서 구정이 와 봉급 외 얼마의 돈을 더 받아 지루함을 억누른다. 나는 누나에게 서울 간다고 하면서 돈을 더 달라고 하니 만원을 더 준다. 기차를 타고 대전쯤 왔을까 누나네 가기가 싫다. 대전

역 국수 먹고 조금 있으니 목포 가는 기차가 들어온다. 나는 망설임 없이 목포 가는 열차 오르니 사람들이 별로 없다. 이리저리 살피다가 나이 드신 분의 앞에 앉는다. 어르신은 나에게 이것 저것 묻는다. 나는 간단하게 나에 대한 이야기를 하고 어르신은 많은 것을 이야기 하면서 어느 정도 나이가 들 때까지 많은 사람들과 사귀면 후에 큰 도움이 될 거라면서 성격상 남 밑에 있을 성격은 아니고 장사를 배워 장사꾼이 되라고 한다.

어르신은 서당 훈장이며 어떤 사람들은 한학자라고 부른다고 말한다. 논산쯤에서 내리신다. 나는 따라 갈까 하다가 목포까지 간다. 목포에서 제주도 가는 배 타고 제주도 도착하니 갈 데가 없다. 눈이 많이 와 서귀포 가는 길이 막혔다면서 사람들이 웅성거린다.

2부
장사를 배워라

너를 어떻게 하면 좋으냐 너를

다방에서

제주시에서 얼마를 갔을까? 다방이라는 간판이 보인다. 갈 데도 없고 다방에 들어가 엽차만 마시고 있으니 날이 어두워질 무렵 나이 많은 아저씨들이 들어와 화투를 한다. 나는 옆에서 구경하니 옆에 있는 누나가 어르신 들으라고 서울 가는 차비가 없다고 말하면서 조그마한 상자 안에 백 원짜리 열 개를 넣어주면서, 어르신들은 서넛이 와 11시 넘어 어떨 때는 누나들도 화투를 할 때도 있지만 어르신들도 화투를 많이 한다. 이틀을 있었지만 이틀 동안 나는 다방 안 청소와 어르신들의 잔심부름으로 어느 정도 재미 들 정도 되었을 때 어느 누나가 나에게 묻는다. 형제가 어떻게 되는지 누나 둘 있다고 하니까 누나들은 그럼 그렇지 하고는 웃는다. 이틀 저녁 즈음 젊은 남녀가 들어오면서 서귀포 길이 열렸는지 물어보면서 여러 사람들과 이야기 중 자가용 가지신 분들은 한두 대씩 다닌다고 한다. 나는 젊은 남녀 분들에게 서귀포에 가실 때 저도 같이 가면 안 될까요 하니까 다방 누나들이 애 좀 데려가란다고 말하면서 말하자 젊은 남녀는 신혼

이며 여행 중이라면서 같이 가자고 한다. 다방 누나는 상자 안의 돈을 주면서 여행 잘 하라고 하지만 나는 상자인의 돈 일부만 갖고 누나들 고맙습니다. 어르신들 고맙다고 인사를 하고 젊은 분들의 차로 서귀포에 도착해 하숙 할 데를 찾아보니 천지연폭포 위 다리 위 옆에 하숙집이 있다고 해 찾아가니 방이 6개 정도로 한 방에 대여섯 명이 기거하는 방이다.

서귀포의 하숙집

사람들 20대에서 40대 정도, 십 대는 나 혼자다. 방값은 한 달에 삼천 원 정도 되며 하루 일당이 평균 칠팔백 원이다. 삼사 일 일하면 밥값이 된다. 잠자리 포함이다. 지금으로 말하면 인력사무소다. 여러 가지 일하다가 일을 하다가 저녁에 같이 있는 형은 한 다방에 그렇게 간다. 한 누나를 그렇게 좋아하는데 그 누나는 꿈쩍도 하지 않는다. 가면은 위티를 주로 시킨다. 이때가 내가 처음으로 술과 담배를 접할 때이다. 형이 좋아하는 누나는 내가 술과 담배를 처음 접하는 걸 알고는 속 버리지 말라고 계란반숙을 매번 해주면서 속 버리지 마라면서 형한테 애한테 독한 술 먹인다고 나무란다. 그렇지 않다고 내가 아니라고 하면 눈을 흘기면서 뭐라고 말하는데 무슨 말인지 모르겠다. 나는 시간 나는 대로 시골길과 바닷가로 걷는 것 자체가 좋아서 자주 갔다 오면 뱃사람들과 안면을 틀면서 어떤 때는 아저씨들이 올라와서 술을 권하기도 한다. 유난히 조그마한 배. 형은 매일 혼자 배를 지키는 일이 많다 보니 나 또한 배 위에 올라가 술 한잔 달라고 하면 형은 술과 회 또는 구운 생선 가지고 술 한잔씩 한다.

형은 여수에 집이 있고 엄마가 여수에 있다고 하면서 서귀포에는 두 번째 부인이 있고 성산포에는 세 번째 부인 있다고 하면서 한 달에 만 원 줄 테니 가자고 한다. 내일 성산포로 가면은 두 달 정도 있다가 올 거라면서 같이 가자고 한다. 나는 하숙집에 그 동안 있었던 이야기를 하면서 짐을 챙겨 아침 일찍 배로 가 성산포로 간다. 얼마를 갔을까 큰 고기들이 배 주위에서 환영한다면서 주위를 맴돈다. 무슨 고기냐고 물으니 돌고래라면서 왜 안 잡냐고 물으니 돌고래 한 마리가 배만하다고 하면서 고래

잡는 배가 따로 있다고 한다. 어쨌든 돌고래들이 환영해 주니까 일단은 고맙다.

성산 일출봉

해안가로 성산포로 가다 보면 아기자기 하면서 아름다운 경관이 많이 연출된다. 성산포 거진 갔을 무렵은 공룡 한 마리가 움직이는 형상을 본다. 형한테 저것이 무엇인가 물으니 성산 일출봉이라 한다. 아깝게도 머리는 목이 잘려 바닷물에 떨어진 모양이다. 형 말로는 성산 봉우리가 100개 되면 육식동물이 있는데 백까지 안 돼 99개 밖에 안 돼 육식동물이 제주도에는 없다고 한다. 나는 시간이 나면 일출봉 앞에 봉우리 감상하면서 또한 바닥은 분화구 독립문 같은 현장이 있고 소나무가 내 키만 한 것이 세 그루가 드문드문 몰려있다. 봉우리 안쪽을 구경하다 미끄러지는 바람에 다칠 뻔한 뒤로는 봉우리와 분화구 쪽은 올라가지 않는다. 아침 일찍 일출봉 근처에 그물을 걸을 땐 장관을 목격한다. 붉게 물든 태양 아래 날치들이 날아다닌다. 나는 처음엔 왠 새인가 했다. 나중에 물으니 날치가

날면서 붉게 물든 태양과 겹치는 형상은 가히 또한 일출봉은 바닷가에서 볼 땐 여러 가지 조각상을 보는 것 같다.

세 번째 부인은 해녀로서 남편보다 돈을 잘 번다. 한 달 반 정도 있을 때 형한테 그만 두고 서귀포로 간다면서 돈을 달라고 하니 며칠만 기다리라고 한다. 며칠 뒤 만원의 돈을 받고 서귀포 하숙집으로 돌아온다.

페인트와 기술

기술을 배우고자 페인트 칠 하는 아저씨를 찾아가 기술을 배우고자 하니 하루 일당 천 원이라면서 열심히 하란다.

페인트 칠은 여러 군데서 하지만 시골에선 빗물 탱크 일이 많다. 시골은 지하수와 우물이 없어 빗물을 받아 집안에 쓰는 물, 먹는 물을 쓰기 때문에 집집마다 물탱크가 있고 또한 오염되지 말라고 페인트 칠을 많이 한다. 한 집의 페인트 칠 하다 보면 동네 여러 집에서 페인트 칠해달라고 많이 들어온다. 어느 날 시간이 남아 형하고 다니던 다방에 가니 누나들이 반가이 맞아준다. 하숙집에 형이 안보여 다방에 간 것이다. 다방엔 또한 누나가 있는데 제일 반가워 해준다. 누나는 형하고 같이 산 지가 한 달이 다 된다고 하면서 위티와 반숙을 주면서 저녁에 집에 같이 가자고 한다. 나는 일이 있어 못 간다고 하면서 가지 않았다. 그 해 여름이 지나 초가을쯤일 때 서울 사장님의 심부름으로 서귀포시 내 끝자락쯤 됐을까 심부름으로 서신을 가지고 갔더니 나이 드신 분이 계시고 옆에는 젊은 사람들이 양복을 깔끔히 입은 상태로 어떤 사람들은 어르신이라고 어떤 이는 의원님이라고 부르면서 시중을 든다. 그날 저녁상을 차리는데 흰 쌀밥이 나온다. 젊은 사람한테 밥 한 그릇 더 내오라면서 나에게 준다. 얼마만의 흰밥인지 정말 맛있게 먹는다. 할아버지는 이것 저것 물으면서 많이 웃는다. 나는 흰밥이 생각나면 심부름을 일부러 간다. 세 번째 갔을 때 할아버지는 나에게 나이를 물으면서 내가 사람을 조금 볼 줄 아는데 너는 공부를 해야 큰사람이 될 수 있다. 공부가 안되면 장사를 배워라 또한 많은 사람들을 사귀어라. 너는 많은 돈을 벌어도 30 전에는 니 돈이 아니니 그 돈 가지고 많은 친구를 사귀도록 하란다. 얼마 안 있어 할아버지는 서울로 간다. 가을인가 봄인가 형제들이 가까운 곳에서 일하면서 돈을 모으려 하지만 그게 잘 안 되는 모양이다. 형은 내 또래고 동생은 두 살 정도 어린 것 같다. 열심히 모아 집으로 가려 하지만 그게 잘 안 되는 모양이다. 어느 날 집에 간다면서 집은 문산이라고 하면서 주소를 적어준다. 며칠 후 택시 강도 2인조라면서 라디오에서 방송을 계속한다.

택시 강도 살인

어느 날 저녁 형사들이 나를 찾아와 이름을 대면서 무슨 사이인지 묻는다. 나는 같은 또래 친구들이라면서 이야기 하니 하숙 주인 아저씨 한테도 물으니 주인아저씨 또한 친하게 지냈지만 애는 모르는 일이다고 말해준다. 그 뒤로 제주도가 별로 맘에 들지 않아 서울 큰누나네로 온다. 오자마자 한 일은 산본리에 할아버지 할머님 그리고 아저씨와 아주머니를 산본리에 떠난 지 처음 뵙는 것이다.
할머님은 그간 있었던 일을 이야기하라면서 나는 그간 아버지 돌아가신 이후 누나네 있었던 일 그간 있었던 일 차근차근 말씀 드렸더니 너가 어떻게 여길 와서 또 나쁜 데 갔는지 마음 졸였다면서 아저씨가 여러 군데 알아보셨다는 것. 산본리에서 이틀을 보낸 후 문산으로 가 제주 택시 강도의 어머니를 봤고 그 동안 제주도에서 친구와의 관계에 대해 이야기하면서 면회는 가봤는지 물어본 후 누나네올 때 이제 담배 몇 갑을 준다. 누나네 일을 열심히 도우면서 19세 쯤 되었을 때 그 동안 착실히 있었던 관계로 매형은 이틀에 500원씩 주면서 나 또한 돈을 어느 정도 모아 어디를 떠날까 고민 중인데 하루는 매형이 누나를 마음 고생 안 시키려면 미국에 가서 살라며 마산 작은 누나네 양복 일 일 년간 열심히 배우면 미국 가서 살라고 한다.

엄마 산소

나는 떠나기 전 엄마 산소를 찾고 싶어 용인 제일리 찾아간다. 12년 만에 용인 제일리에 온 것이다. 나는 제일 먼저 네 살 때 기억, 뭉개네를 찾아간다. 마침 아저씨는 마당에서 무슨 일을 하고 계셨는데 기억이 나지를 않는다. 아저씨 저 원식이에요 하니 아저씨는 깜짝 놀라면서 나를 한참 본 후 나를 끌어안다시피 하신다. 나중에 아버지 돌아가신 것을 아셨다고 하면서 어떻게 왔는지 물어본다. 엄마의 산소를 찾고자 한다고 이야기 하니 정말 잘 생각했다고 하면서 나는 그때 근무 날이어서 산소에 못 간다면서 상여잡이인 아버지 친구 분이란다. 아저씨는 손목이 없다. 아저씨는 친구 분 상여잡이신 친구 분 찾아가 성진이 아들이 엄마 산소를 찾고 싶어 왔다고 하니 깜짝 놀라시면서 아버지와 많이 친했다면서 엄마 산소는 내가 찾아준다면서 술과 과일 과자를 사 엄마한테 간다. 8살 때 와 보고 처음 와 본 엄마 산소는 아카시아 나무와 숲이 무성해 산소라고 볼 수가 없었다.

아버지의 친구

아버지의 친구 분들은 엄마의 산소를 어느 정도 정리한 다음 엄마한테 인사하라면서 술잔에 술을 부으면서 제수씨 아들 하나는 잘 두었네 하면서 얼마의 돈을 드리려 했지만 네가 엄마의 산소를 찾아준 것 너무 고맙다고 하신다. 마산에 내려와 양복 일을 배우고 있지만 마음이 편치 않아 마음 둘 곳이 없다. 친구인 소림과 명만이 있어 어느 정도 위안이 됐지만 매형의 여자 편력은 더는 두고 볼 수 없어 서울 누나네로 와 마음을 삭일 데가 없다. 얼마 떨어지지 않은 곳 책방이 있어 여러 가지 책을 빌려 보던 중 공부가 하고 싶다는 생각이 들면서 많은 책을 읽을수록 나에게는 어딘지 모르지만 허전함을 채울 수가 없다. 어떨 때 무협지 혈현인이란 책을 읽고서는 무협지는 처음이자 마지막으로 무협지는 나에게는 다시는 무협지는 봐서는 안 될 책. 책은 볼수록 나에게는 허전함만 안겨준다. 어느 날 누나에게 며칠 바람 쐰다고는 나와 산본리에서 이틀을 보낸다. 할머님은 걱정스러운 눈으로 보면서 아무 일 없는 거지. 재차 물으신다. 이틀을 보낸 후 수원 영화동 내가 자란 곳 십 년이 지났지만 모든 것이 정지 상태다.

동생의 흔적

동생의 흔적을 찾았지만 찾을 수 가 없다. 하기야 십 년은 짧은 시간이 아니다. 팔달산 근처에 여인숙에서 하루를 지낸다. 얼마나 시간이 지났을까 앞이 보이질 않는다. 무엇을 할 것인가 생각을 하지만 나에게는 앞이 보이진 않는다. 산에 올라가 한적한 곳에서 나는 눈을 뜨니 도립병원에 큰 누나와 작은 누나가 보인다. 큰누나는 내가 잘못되면 이다음에 엄마한테 가 무슨 말을 해야 좋을지 하면서 우신다. 그때 깨어 있었지만 나는 눈을 감고는 얼마나 있었을까.

누나들이 잠시 나가있을 때 침대에 걸터앉아 있으니 누나들이 깜짝 놀래면서 누나들은 아무 말 하지 않는다. 큰누나에서 하루를 보낸 다음 작은 누나와 큰 누나에게 돈 있으면 달라고 하니 아무 소리 없이 얼마의 돈을 준다. 부산행 열차에 올라 잠을 청하니 옆에 있는 형제 셋이서 시끄럽게 구는지 나 또한 어디서부터인지 한 일행이 되어있었다.

부산행 열차

대구 지날 즈음 어디 가냐고 물으니 부산 광안리에 간다고 하면서 누나네는 하숙도 한다면서 같이 가자고 한다. 나는 광안리 해수욕장 초입에 있는 일행

누나네서 하숙 하면서 소개해 준 그물 실 만드는 대성공업사라는 회사에 들어가 주야간 일을 시작한다. 주야 한 달 일하면 7,500원 받는다. 같이 일하는 친구 이철호 고향이 합천이다. 십 대에 만나 서울에서 35년 지기 했으니 좋은 벗은 벗이다. 하숙집에서 3개월 있다가 이철호와 운석이란 친구와 자취를 얼마 정도 했지만 내가 회사를 그만두고 서로가 헤어진다.

운석이는 포스코 처음 생길 때 포스코에 들어가 정년에 반장까지 한 모양이다. 부산에서도 역마살이 끼어 잠시도 가만 있질 못해 망아지처럼 여기저기 뛰어 다닌다. 어느 날 극장 앞 육교 위 지나가는데 점을 보는 사람이 불러 앉힌다.

돈이 없다고 하니 그냥 앉으라고 말한다. 64년 2월 23일이 아버지가 알려준 생일날이라고 말하니 책을 한참 보더니 그 날이 생일이 아니라고 하면서 책을 한참 찾더니 너의 생일은 그날이 아니고 이 날이라면서 생일을 가리켜 주면서 책 위에는 나의 가지에 기러기 한 마리는 외로이 앉아 있고 기러기 두 마리는 날아가는 형상의 그림책 일부다. 점을 보시는 분은 나를 보면서 여기 한 마리는 너이고 날아가는 두 마리는 누나들이라면서 누나들한테 내가 태어난 시간이 초저녁인지 물어보란다.

나의 생일을 찾았다

나중에 누나들한테 태어난 시 물어보니 태어난 시가 초저녁이라고 일러준다. 나는 태어나서 처음으로 내 생일을 찾아 지금도 50년 동안 그날이 내 생일이다. 세 군데의 합판공장으로 구포에서 마지막 합판공장에서 일. 나는 서울 가서 새로이 다시 시작하겠다는 마음으로 한 형한테 서울에 아는 사람 있으면 소개하라고. 왜 그러는데? 이제는 내 나이가 22살인데 또 누나한테 마음 고생 시키고 싶지 않아 그런다고 말하자 형은 서울 방학동에 공장장으로 있는 친구가 있는데 가보라 하면서 전화는 해 놨다고 한다.

나는 두말 없이 서울 방학동에 와 공장장을 찾아 형 이야기를 하니 회사에 이야기 해놨으니 일하라고 한다. 공장장님은 여기 생활 청산하고 다음 달 부산에 있는 공장장으로 간다면서 많은 도움을 주지 못해 미안하다고 하면서 합판 공장 온지 3개월쯤 됐을까? 근로자들이 파업을 한다. 공장장이 회사에 없다 보니 근로자와 사무실간의 의사 소통이 되질 않아 서로의 불신으로 매일 열댓 명이 모여 사무실에 대고 소리만 지르고 시간이 조금 지나가 한두 명씩 빠져 나간다. 하루는 사람들이 몇 명 없어 물어보니 지하철 개통으로 인해 공짜라면서 지하철이 어떻게 생겼는지 보면서 기차를 타러 갔다고 한다.

나는 시간 나는 대로 시장이나 여러 곳을 구경할 즈음 수유리 세일 극장 위에 조그만 철공소가 있는데 새로운 무언가 만들고 있다. 무엇을 만드냐고 물으니 연탄 보일러 만들고 있다고 한다.

보일러 설치

나는 이거다 싶어 사장님을 찾아 보일러 설치 작업을 배우고자 하니 처음에는 안 된다고 한다. 나는 몇 번이고 왜 안 되는지 재차 요구하자 나중에는 한 사람을 소개한다. 신씨라는 분인데 보일러 기술을 일본인한테 배워 원칙을 우선한다고 하면서 열심히 배워보라고 한다.

3구 3탄 한번에 9장 들어가는 연탄 보일러. 8월말 부터 보일러 설치 기술을 가리키는 것이다. 두 번째 현장인 우이동 4.19묘지 근처에 2층 주택 공사 중 나이 드신 분이 오셔서 두 번째 만남일 때 성씨가 무엇인지 청풍 김씨이고 고향은 개성이라고 하니 나이가 맞지 않는다고 하면서 아버지 고향이 개성이기 때문에 개성이라고 했다고 말하자 아버지 성함은? 하길래 김성진이라고 하자 너가 성진이 아들이냐며 묻는다. 예 하자 아버지 49제 때에 탑 공승방에 갔었다면서 그때 나이 어린 너를 처음 보았다 하시면서 아버지와 친구 이전에 이종사촌간 이란다.

아버지의 이종사촌 왕세정

고려인삼 따님이 두 분 계셨는데 한 분은 청풍 김씨네 한 분은 왕씨네로 출가해서 이종간이란다. 아버지의 젊었을 때 일 어떠하셨는지 너의 아버지는 집안 맏이로서 언제나 어깨가 항상 무거웠으면서 술은 일절 못 했으며 둘째와 셋째는 술을 많이 먹었으며 둘째는 활달한 성격 그 당시에 외국어 5개국어 해서 무역을 많이 했으면서 두뇌가 아주 명석했고 너희 아버지는 사람이 좋았지만 어딘가 모르게 젊었을 때도 모두 짊어지어 할머님의 개성의 여학교 또는 큰집의 여러 가지 일 마음이 무거웠을 꺼다. 또한 집안 어른 한 분이 학교와 전답 99칸의 집을 모두 노름으로 날려버려 마음 고생 많이도 했다고 한다. 친구들과 기생집으로 술 먹으러 가면 너의 아버지는 술은 먹지 않았지만 그래도 제일 호탕했다고 한다. 조카를 만났으니 집에 가서 밥 먹고 가라면서 집에 손님 조카 가니 운전기사에게 말하면서 4.19 묘지 근처엔 집들이 좋은 집들이 많다. 집으로 가니 40대인 아주머니가 조카님 부르면서 반갑게 맞아준다. 방으로 들어가니 아주 고은 할머님이 조카님이라며 반가이 맞아준다. 얼마나 좋은가 50년 전의 아버지 친구 분을 만나 나에게는 너무 나도 행운 그 이상 그 이하도 아니다.

응접실에 나오니 아주머니가 조카님 이것 좀 하면서 냉면 대접에 조청 같은 것 내밀면서 먹으란다. 먹고 나서 물어보니 녹각 끓여 조청 만들어 판매한다고 한다. 한국에서 어리굴젓 새우젓 냄비 한국에서 일상적으로 쓰는 물건 미국으로 보내면 대금으로 녹각을 콘테이너 여러 대로 보내오고 한국에서 곱게 분쇄해 끓이면 조청 같이 되면 비싼 값으로 한약방으로 도매로 대량 판매한다고 한다. 나는 두 번 더 가서 녹청 두 그릇을 더 먹는다. 3년 후 방석 수출 문제로 방문한 날이 아버지 친구 분 49제 날 이라며 할머니 이제 들어 왔으니 조카님 인사하고 가라면서 이모님이 할머님한테 조카님이 왔다며 방문을 열어준다. 할머님은 이제 오면 어떡하냐면서 영감이 조카를 많이 기다렸다고 한다. 나는 보일러 일을 12월 정도까지 하면서 많은 일을 배웠지만 겨울이 되면서 일이 끊기는 와중에 나에게 일을 가리키는 신씨가 갑자기 돌아가신다.

나는 새로운 마음으로 내가 직접 일을 맡아보려고 하지만 첫째 나이가 너무 어려 누가 일을 주려 하지 않는다. 다방에 다니면 건축업자 여러 사람 만나지만 쉬운 일이 아니다. 어느 날 다방 누나에게 도움 청하니 다방 누님은 나대신 여러 건축주와 건축일 하는 사람들을 만나본 결과, 대신 내게 이야기 하기를
① 너무 어려서
② 실력 또한 믿을 수 없다는 것이다.

성길이 형과의 만남

나는 다시 방학동 기숙사에서 하는 일 없이 시간을 보낼 때 내 또래의 친구들이 한 명, 두 명 모여 밤을 지내며 놀 때 여자들과 서너 명 많을 때는 대여섯 명의 여자들도 시간을 보낸다. 나 혼자만 빈둥거리고 나머지는 직장생활 하면서 저녁 때는 촛불을 의지하면서 여러 방 중 하나에 모여 논다. 어떤 친구들은 낮에 동네를 돌다 보면 닭이나 먹을 것 있으면 밤에 잡아와 술 안주 삼아 시간을 보낸다. 기숙사 앞에 창해라는 친구네는 많은 양의 책과 전집이 있어 한 육 개월 정도 책과 씨름하면서 보내자 나의 생활이 망가져도 너무 망가지는 느낌이 온다.

방학동 초입에 테레비 케이스 만드는 공장이 있다. 페인트 공이 필요하다기에 제주도에서 페인트 칠 경험이 있어 회사에 들어간다. 내부에는 세 명이 담당이며 반장은 성길이라는 나보다 5~6년 위다. 서로가 일하다 보니 공통점이 있어 나중에는 형님 형수라는 칭호로 서로가 가까이 지내며 나도 또한 30m 거리에 방을 얻어서 가깝게 지내 영양 실조가

와 고생한 기억이 있다. 그때 형수가 고기를 무쳐 줬고 4~5일 정도 국물과 먹으니 원기가 회복된 적이 있다. 회사에 육 개월 정도 다녔을까 성길이 형은 무엇인가 해보고 싶다면서 회사를 그만 둔다.

전화받침대

얼마 후 칠 복제 상무이사가 여행 중 200×300정도 되는 나무 엮은 전화 받침대를 여러 개 사 와 여러 사람들에게 나누어주면서 똑같이 만들어 오면 수출을 할 수 있도록 도와준다고 한 장을 성길이 형은 똑같이 만들 수 있는지 나와 의논한다. 나는 제품을 들고 왕십리에 있는 제재소를 찾아가 공장장을 만나 제품의 재질 및 나무를 살 수 있는지 물어보니 이 나무는 닥과나무로 동남아시아에 나며 우리 나무는 피나무가 있다면서 피나무는 이 나무에 비해 약하다는 단점이 있다는 것. 이 제품으로는 적합하지 않다는 것. 성길이 형과 의논 결과 다만 몇 장이라도 만들어 보잖다. 나는 방에 놓여있는 천 방석에 '복'자라는 글자가 그려져 있는 방석을 보고는 이거와 똑같은 모양과 크기로 만들어 보자고 제안 한다. 두께 12미리, 넓이 15, 길이 30cm. 좌우 구멍 두 개를 뚫어 사람 손으로 만들자 아주 멋진 방석이 탄생한다. 나 또한 회사를 그만 두고 방석 개발에 매진해 50장 정도의 방석을 만들어 남대문 시장 잡화점에 내놓으면서 1장에 2700원에 내 놓는다. 물건은 하루 만에 다 팔리면서 붐을 일으킨다. 2~3개월 동안 500장 정도 만들어 판매하지만 남는 것은 인건비와 여러 가지 소모품으로 별로 남는 것이 없다. 나는 사람 손으로 생각해선 이익이 없을 것 같아 자동을 연구한다. 매일 세운 상가 주위에 있는 철강단지 또는 소재 부품 만드는 여러 군데를 다니면서 구경을 한다. 어느 날 조그마한 팔각통을 돌리는데 자그당 자그당 들면서 시간이 꽤 지나자 일하는 분이 왜 안가고? 하면서 묻는다. 나는 이 안에 무엇이 들어 있는지 궁금하다고 하니 일하는 분은 기계를 세워 안에 있는 물건을 보여준다.

나무 방석의 탄생

안에는 조그마한 철판이 서로 부딪치다 보면 사방

의 모서리가 마모가 된다고 말하면서 보여준다. 문제는 자동화로 구멍 뚫는 간편하게 할 수 있는 방법을 연구하던 중 나무 단추 전문적으로 만드시는 분과 친분이 있어 공장에 놀러 간다. 나무 단추도 긴 피아노선으로 여러 개의 밀접한 구멍을 동시에 뚫는다. 나는 이거다 싶어 솔직한 내 마음이야기 하면서 내가 지금 하고자 하는 일에 이 기계를 접목 시킬까 한다고 이야기하니 그렇게 하라고 한다. 이 분 역시 나이가 환갑이 지난 분이다. 이때부턴 내 주위엔 연상의 사람들이 모이면서 많은 도움을 주기 시작한다. 3월쯤 되었을 때 성길이 형한테 이제는 일 자체를 자동화 하여 일하지 않으면 힘들 것이라고 말하자 형은 혼자 해보고 싶다면서 미안하다며 말끝을 흐린다. 솔직히 현재 내 돈 또한 여기에 투자와 일하면서 한 푼의 돈도 가지고 가지 않았다고 이야기하니 지금 여유가 없으니 어느 정도 되면 준다고 한다.

혼자 해보겠다

그러고 있을 때 친구 형들이 공장을 하고 싶은데 도와 달라면서 몇 번인가 이야기 해 한 달 정도 도와주었지만 더 이상은 아닌 것 같아 또 다시 친구들이 있는 기숙사로 와 같이 동업자를 찾으니 군에서 제대한 지 얼마 되지 않은 현배라는 친구가 동업하겠다고 한다. 한 명은 더 있어야 최소 300만원은 자본이 있어야 되기 때문이다. 막걸리 하차장 하는 문수라는 친구가 또 합류한다. 집은 도봉동인데 사촌이 사는 광수라는 친구네 왔다가 내 이야기를 듣고는 참여하게 된다. 그 동안 준비한 기게 설비를 급히 시작 제작한다. 공장은 뚝방 좌측에 있는 어르신 사시는 꽃 비닐 하우스를 우리 공장으로 빌려 우선적으로 사람 구하는 일부터 시작한다. 동네에 18세 두 명이 일하겠다고 또한 문수는 준비 단계의 시간이 나면 새로운 특이한 술집을 자주 다닌다. 나는 술을 즐기면서 친구들이나 여러 사람들과 같이 먹더라도 소주 반 병 이상 먹지 않는다. 어느 날 도봉구에 있는 수유극장 맞은편 통닭집이 있다. 그 통닭집에는 특이하게도 큰 접시 위에 통닭 주위에 과일과 야채, 소주, 한 병 4,500원 받는다. 비싸지만 조그마한 가게 안은 원탁 테이블이 5개가 있어 통닭 한 마리 먹으려면 30~40분은 기다리다 먹으니 더욱 맛이 좋다.

동업자

문수는 밀주 단속을 나가면서 특이한 먹을만한 데는 자주 다니면서 먹으러 다닌다. 나는 제재소 공장장을 찾아가 끝나는 대로 택시비 줄 테니 통닭집으로 오라고 하자 알았다고. 하기야 왕십리에서 수유리 해봐야 택시비 1,000원정도 나온다. 우리는 통닭집에서 긴 기다림 통닭과 소주 한잔 먹으면서 전에도 방석 문제로 만난 적이 있어 이야기가 쉽게 이야기를 나눌 수 있어 좋았다. 술 한잔 먹으면서 형님 아우가 쉽게 된다. 그 동안 일과 우리에 맞는 나무가 필요하다고 하니 마침 이번 들어온 마디카라는 나무가 아우한테는 딱 맞는다고 하면서 나무가 단단하고 붉은 빛깔이 나 방석을 만들어 팔면 손해는 보지 않을 것이다. 나는 다음날 우선 2000사이를 주문한다. 1t 차량에 딱 맞는 모양이다.

기계가 들어오기 전 우선 나무부터 말리면서 철공소에 부탁한 기계를 들여온다.

제재소 공장장

반자동으로 한번에 구멍을 두 개 뚫는 기계다. 또한 서울역 뒤에서 자동대패기계를 구입함과 동시에 합판 두 장으로 가랑통을 만든다. 조그마한 나무를 가랑통에 넣고 돌리면 모서리 각진 곳이 마모되어 많은 양을 처리 할 수 있어 여러 가지 일을 하다 보니 자금이 모자라 하는 수 없이 세운상가 3층에 있는 삼성가구를 찾아간다. 거래는 없었지만 자주 들려 물 한잔 먹으면서 다닌 곳이다. 이 가구점은 전국구 도매점으로 대량판매 하는 곳. 사장님은 대령 출신으로 어느 날 방석 하나 들고 가 공장을 차리고 있는데 자금이 부족해 좀 도와 달라고 하자 한참 웃으면서 고향이 어디냐 묻는다. 개성이라 하자 나이가 맞지 않는다고 한다. 나는 아버지 고향은 개성이며 아버지 고향이 개성이면 저 또한 개성이라고 하자 그냥 웃고는 맞다고 하면서 명함을 달라고 한다. 내 명함은 사무실이 다방 주소와 다방

전화번호다. 한참 보더니 조카가 경리를 하고 있는데 조카보고는 필요한 만큼 주라고 한다. 대신 제품 만드는 대로 전량 가지고 오란다. 현재 우리가 납품단가는 2,500원이지만 2,300원에 주는 대신 구두약속과 동시에 우선 백만 원을 빌린다. 우리는 여유 자금으로 공장은 순조롭게 돌아간다.

세운상가 삼성가구

공장엔 문수와 현재 어린 친구들, 아줌마 5명, 외부에 방석 엮는 사람들 10명 이상이 일하고 있으며 남자들은 점심에 돼지등뼈 사다가 나무가 많은 관계로 가마솥에 푹 끓이면 소금과 된장 넣어 밥 말아 먹으면 아주 근사한 한끼의 식사가 된다. 공장에 일하는 아줌마들은 집에서 먹고 오며 어떤 때는 맛있는 반찬을 갖다 준다. 그때 남자들 봉급은 25,000원, 여자들 봉급은 15,000원 준 것으로 기억한다. 삼성가구는 한달 만에 빌린 돈과 초과가 되자 그만 가지고 오란다. 나는 동대문시장과 남대문시장 잡화물 판매하는 곳 가구점 자동차 악세사리 판매점에 주로 납품하며 시장에선 가끔 가다 문방구 어음 받지만 한번도 부도난 적이 없다.

보일러의 미련

나 또한 보일러에 대한 미련을 버리고 시간을 보낸다. 일년 이상을 책 속에 살며 낮에는 책 또는 산책 밤에는 친구들이 가져온 먹을 것 또는 닭이나 먹을 것을 서리 해 오는 것. 박기선이란 친구는 닭서리에 일가견이 있어 술과 식사가 필요할 때면 낮에 한 바퀴 돌면서 서리 할 때를 봐두어 저녁에 서리 해 밥 대신 술과 안주로 먹고 했다. 동네에서는 닭이 없어지면 기숙사 친구들이 먹었다는 것을 안다. 나중에는 풍기문란 문제가 나왔지만 조용히 넘어간다. 2년이란 시간을 보내고 정신과 몸을 추스르고 직장을 구한다. 방학동 입구에 있는 TV케이스 만드는 곳에 페인트 공으로 취직을 한다. 기숙사 앞에는 장씨 아저씨의 집이 있으며 여기는 방이 열 개 정도 있으며 문간방에 세 들어 있어 지내며 낮에는 직장, 밤에는 기숙사 또는 세든 방에서 지낸다. 이 때에 답십리에서 우영이란 친구와 깡냉이란 친구가 방학동에 오면서 식어 가던 기숙사 생활이 우영이란 친구가 오며 생기가 호전돼가고 있었다.

답십리 우영이라는 친구

직장생활 7~8개월쯤 반장으로 있는 성길이라는 형이 있는데 시간이 흐르다 보니 친 형제 이상으로 가까워져 내가 형네 옆으로 이사했고, 내가 영양실조로 고생할 때 개고기 무침 3~4일 장복하는 바람에 회복이 빨리 호전되어 일상으로 빨리 복귀한 일도 있었다. 성길이 형은 회사를 그만 두고 무엇을 하고 싶지만 여의치 않아 할 때 어느 목재 상무가 7장의 전화 받침대를 가지고 와 여러 사람에게 나누어 주며 그 중 한 장이 성길이 형한테 온다. 성길이 형은 전화 받침을 어떻게 하면서 의논이 들어온다. 나 또한 회사를 그만두고 본격적으로 매달린다. 처음에는 수출용으로 만들다 보니 아무리 잘 만든다고 했지만 마음에 들지 않아 망설이고 있었을 때 아줌마 한 분에게 방석하고 똑같이 만들어 보니 기막힌 작품이 나왔다. 문제는 생산이다. 구멍 2 과정을 톱 대패 보루방 사람이 대여섯 명이

10장을 만들지 못한다. 나는 우선 50장 이상 만들어 놓고 샘플 가지고 세운상가와 남대문 시장 여러 곳을 다니며 한 장에 3천원의 주문을 받는다. 가히 폭발적이다. 문제는 수공임으로 해서는 아무리 비싸게 받아도 별로 이익이 수반되지 않는다. 문제는 자동화가 관건이다. 두 달 정도 시장이나 세운상가 주변 또는 왕십리 일대를 다녀봤지만 소득이 없었다. 시장으로 다니며 알게 된 사람, 나무단추에 내수와 수출하는 분 나이는 오십 대에 시장 다니면서 가까워질 무렵 공장으로 초대를 받는다. 공장에 들어서니 공장은 20평 정도 되며 공장 안에는 기계가 있으며 단추는 15에서 20mm, 두께는 2~3mm 반자동으로 만들며 국내에는 독점이며 수출도 유럽으로 많이 하며 나무는 물박달나무로 하며 직원들은 친척으로 기술 유출을 우려한다.

동업자를 찾아

나는 기계를 보면서 나에게 필요한 기계를 응용하면 내가 필요로 한 기계는 응용할 수 있을 것 같았다. 또한 제품 모서리 부분을 마모시키는 것 또한 문제를 발생한다. 문래동 세운상가 주변을 이틀 정도 다녔을 무렵 세운상가 철강단지 주변에서 철로 만든 폭 300mm 길이 500mm 육각통을 돌리고 있다. 나는 한 시간 정도 구경을 하고 있으니 직원 한 분이 무엇을 구경하냐고 묻는다. 이 안에 들어있는 것 무엇이냐 하고 물으니 기계를 끄고 내용물을 보여준다. 안에는 조그마한 철제품이 들어있으며 오래 돌리면 서로 부딪히며 마모가 된다고 한다. 문제는 돈과 시간이다.

 나는 내년 77년을 준비한 것이고 나는 계획서를 만들어 성길이 형 한테 보여주며 내년을 준비해야 하며 자동화로 가야 한다고 이야기 하니 좀 시간을 달라고 한다. 12월쯤 내년부터 혼자 하고자 한다. 나 또한 여기에 돈과 시간 투자를 많이 했는데 어떡하면 좋으냐고 하니 지금은 돈이 없고 나중에 주면 안되냐고 한다. 나는 기숙사에 있는 친구들과 시간을 보낼 즈음 친구 형들이 도와주면 어떡하냐고 한다.

도봉동에 공장을 차리고 2월쯤 공장을 가동 준비 과정에서 많은 문제가 노출된다. 더 이상은 아니다 싶어 그만둔다. 기숙사 친구들과 시간을 보낼 즈음 나는 동업자를 찾아 나선다. 동업자 노래를 부를 즈음 현배라는 친구가 제대한 지 얼마 되지 않아 나를 찾아 온다.

문수와 현배

투자하고 싶다고 문수란 친구는 도봉동에서 막걸리 하치장 하는 친구로서 방학동에 기숙사 근처에 광수란 사촌을 만나러 왔다가 내 이야기를 듣는다. 자기도 투자를 할 테니 추진 방향을 묻는다. 각자 백만 원씩 3명이면 3백만 원이나 그 동안 설계 및 투자비 들어가는 비용이 4백 정도가 필요하지만 우선 각자 100만원씩 3백만 원 가지고 시작하자고 한다.

나는 마산에 작은 누나한테 전화를 하며 공장을 하려고 하니 백만 원을 부탁한다. 누나는 큰누나와 의논한다고 한다. 얼마 뒤 280만 원이 모인다. 나와 문수는 100만 원씩 현배는 80만원 그래도 100만 원 이상이 부족하다. 방학동 둑방촌 좌측 언덕 위에 나이 많은 어르신 내외분이 사시는 곳, 하우스가 60~70평 되는 곳 일년 세로 임대를 한다. 문수와 나는 만난 지 얼마 되지 않아 서로가 마음이 잘 맞아서 술을 자주 마시러 다닌다. 어느 날 수유리에 있는 세일극장 맞은 편에 있는 통닭집에 간다. 원형 테이블이 다섯 개 큰 가마솥에 닭을 튀기는데 큰 접시 위에 과일과 야채를 주위에 놓고 소주 한 병 사천오백 원 오후에 먹으려면 30~40분 기다려 먹다 보니 기다렸다 먹는 음식은 말로 어떻게 표현할까 문수는 막걸리 하치장 하면서 일년에 몇 번 밀주 단속을 나가면서 술 맛이 좋은 집을 봐 뒀다가 같이 먹으러 다닌다. 문수 주량은 하루 종일 먹으면 막걸리 한말 말 주량이고 나는 하루 종일 먹는다 해도 이홉 들이 고량주 또는 소주 반 병이 내 주량이다.

수유리 통닭집

어느 날 왕십리에 있는 제재소 공장장 만나서 택시를 타고 수유리에 있는 통닭 집에서 술 한잔 하며 방석 샘플을 보여 주면서 도움을 청한다. 한참을 보더니 마침 요번에 들어온 나무 중에 붉은 마디카 나무가 좋을 듯하니 시간 나는 대로 와서 보란다. 문수 현배 나는 남영동에 있는 목재 제재에 맞는 기계 단지가 있어 여러 기계 중 우리가 필요한 기계를 사온다. 또한 합판으로 통돌이를 육각형태로 만들어 어느 정도의 기계 설비를 갖추었다고 본다. 부족한 부분은 얼마의 돈이 더 필요한 부분이다. 우리는 사무실을 방학동 파출소 맞은편에 있는 다방에 사무실을 차리기로 한다. 주인 여자는 흔쾌히 받아주며 아가씨들 3, 4명에 기계, 우리의 어려운 입장과 도움을 요청한다. 우리는 우선적으로 명함 만들고 우리는 모든 준비가 되었기에 제재소 공장장을 만나서 나무부터 주문한다. 선 2차분 오천 사이 약 1백만 원 정도 또한 친분이 있는 의정부 검문소 옆 페인트 공장 혁상무님 분에게 부탁한다.

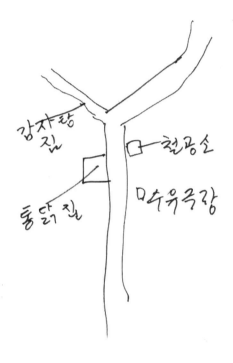

감자탕
집

통닭 집

헌광소

미수유극장

지나가는 길에 소량이라고 배달을 부탁한다. 걱정하지 말고 열심히 하기 바란다. 문제는 자금 부족 부분이다. 어느 정도 공장의 모습이 갖추어질 때쯤 세운상가 3층에 삼성가구가 있다. 성길이 형하고 같이 일할 때 두세 번 거래가 있었다. 삼성가구 사장님은 덕령이란 분이며 전국적으로 유통망을 가지신 분이다. 공장을 차리고 있으나 자금이 부족하며 좀 도와주면 한다고 하니 웃는다. 고향이 어디냐고 묻는다. 개성이라고 말하니 나이가 맞지 않는다고 말한다.

고향이 어디라고?

부모님 고향이 개성이면 내 고향 또한 개성이라고 하니 웃으며 사무실 전화번호 공장 주소를 요구한다. 사무실 전화는 명함을 주며 다방이라고 하니 웃는다. 조카를 부르며 돈을 필요한 만큼 주라고 한다. 단, 조건은 생산되는 전량을 달라고 한다. 한 장에 2,500원인데, 전량 선 입금 먼저 하니 이천삼백 원으로 하잖다. 나는 흔쾌히 승낙하며 자금 문제를 마련한다.

이제는 일하는 사람들을 두어야 하는데 한 친구는 나이가 십팔 세 되는데 손이 우리 손의 두 배쯤 된다. 한 친구는 집이 진천이라고 하며 일들은 잘할 것이다. 문제는 아줌마들이 문제다. 일부는 공장에서 일부는 외주 주어야 하는데 동네 반장 여자분들하고 어르신들에게 부탁하니 주위에선 안 오고 고개 넘어 아주머니들이 오신다. 공장에서 일하신 분 5명 외부에서 길이 40cm, 넓이 20cm, 두께12cm 약 270개를 엮어 실은 굵은 면실에 벌집에 잘 묻히면 실이 질긴 면이 있어 아주머니들에게 주면 잘 엮어 온다. 너무 오래돼서 한 장에 얼마를 주었는지 사십 년 전 일이라서 기억이 잘 나지 않는다. 문수는 경리 담당, 현배는 공장 관리, 나는 외부 영업 구매가 내 담당이다. 나는 할머님 할아버지가 운영하는 식당에서 아침을 먹고 여덟 시 이전에 출근하면서 정육점에서 돼지 꼬리를 사면 한번 뜨거운 물에 우려 낸 다음 나무가 많은 관계로 오래 끓이면 뽀얀 국물이 우러나면서 된장과 소금으로 간을 맞춘 다음 밥을 하고, 국물과 밥 만 가지고 점심을 때운다.

일하는 아주머니 중 김치를 갖다 주는 이도 있으며 그때는 모든 것이 어려울 때이므로 맛있게 먹은 기억이 난다.

우리는 4월 준비해서 5월에 판매하기 시작한다.

제품은 없어서

나는 공장에서 하는 일은 오전에 방석 완제품에 후끼로 투명 페인트를 칠하는 것 내 담당이다. 모든 것이 끝나며 다방으로 주문량을 준비하는 것이 내 임무다. 하루에 생산되는 양은 70~80만 개. 백 장 이상 양이 많으면 용달을 빌려 운반하고 택시로 운반하기도 한다. 사오십 장이면 버스로 이동하기도 한다. 우리 제품은 남대문시장 동대문시장 백화점 자동차 용품점 가구점 세운상가 가구 대리점 다양하게 나가지만 제일 많이 소비 되는 곳은 남대문시장 백화점에 잡화점 도매전문 2~3 군데가 형성된 곳, 우리가 여기에 물건을 대 단위로 제일 많이 판매하는 곳, 세운상가에 삼성가구는 선입금을 받은 관계로 많은 물량을 소화하지 못해 우리가 선입금 받은 돈은 한 달도 되지 않아 정리한다. 우리 공장은 6월 말경부터 생산 조절하면서 7월 중순에 공장을 멈춘다. 나는 남아있는 재고와 수금 문제로 8월말까지 공장 및 거래처를 다니면서 내년을 준비한다.

우리는 열심히 한 결과 일인당 백만 원 본전과 얼마의 여분 내년을 준비할 여유가 생긴다. 어느 날 문수가 열심히 일한 관계로 하루 휴식을 가지자고 한다. 문수 동생은 심장판막증을 앓고 있으며 어느 대학병원에서도 기계를 새로 들여와 실험용으로 치료하자고 하는 말에 많이 울었다고 한다. 문수는 삼남매며 바로 밑이 여동생인데 막내인 동생이 몸이 안 좋아 일년에 한두 번은 여행을 다니는 것이다. 우리는 전곡을 지나 최전방 근처에 큰 수로에서 낚시를 하지만 낚시가 잘 안 된다. 자리를 옮겨 산중턱에 있는 논에서 여러 사람이 낚시를 하고 있다.

우리 또한 낚시를 펴서 낚시를 하지만 처음 낚시를 하니까 되지를 않는다. 우리보다 논 위에서 낚시를 하시는 분 육십 대쯤 되는 분이 한참 보고 계시더니 나보고 낚시를 가지고 와 보란다. 낚시를 보고서는 낚시는 고기를 속여야 하는데 이런 낚싯줄을 매면 고기를 속일 수가 없다고 하며 낚싯줄을 매는 것을 가리켜 준다. 낚싯줄을 새로 맨 상태로 낚시를 하니 고기가 많이 잡힌다. 여기서 잡히는 붕어는 손가락만한 붕어로 참붕어라고 한다.

국제상사

많이 잡은 붕어를 우리에게 주면서 같이 낚시를 다니면 어떠하냐 하고 묻는다. 나는 좋다고 하며 명함을 준다. 자기는 명함이 없으며 국제상사라고 전화 한다고 한다. 이분하고는 3년을 일년에 세 번, 네 번 정도 3년 뒤 80년 12월 중순 마니산 가기 전후로 마지막으로 낚시를 하며 고맙다고 하며 낚시 한 세트를 준다. 국제상사라고 하며 고무제품을 유럽에 수출하며 동생이 사장이며 본인은 자금, 경리담당이며 그 동안 자기 말을 들어주어 고맙다고 한다.

문수하고 낚시 갔다 온 뒤 나 혼자 여행을 떠난다. 증평인지 진천인지 정확히 장소는 모른다. 옛날에 배낭이 아니라 쌕이라고 동그란 따블백으로 보면 된다. 도로에서 우측으로 얼마나 갔는지 모른다.

우측에 담배 건조장이 보이며 좀 더 지나가니 하우스에서 여자들 목소리가 들린다. 들어가서 보니 참인지 점심인지 기억이 나지 않는데 인사를 하자 어느 분이 어서 오라고 하며 밥을 주며 먹으라 한다. 밥맛이 얼마나 좋은지 허겁지겁 먹은 것 같다. 먹었으니 밥값은 해야겠다고 하니 여자분들이 웃으며 괜찮다고 하는데도 나는 열심히 도와준다.

고추 농사

노천에 고추밭이 있으며 고추 크기가 손바닥 길이만하다. 따 논 고추를 하우스에 갔다 놓으면 고추 하나 하나에 얇은 종이로 포장을 하며 전량 일본으로 수출한다고 한다. 어느 듯 저녁이 되어 가겠다고 하니 누런 종이에 많은 고추를 싸 준다.
차를 타고 얼마 가니 시장에 다방이 눈에 보인다. 다방에 들어서니 나이 드신 분들하고 여종업원들이 고스톱을 치고 있어 같이 치자고 하니 다들 좋다고 한다.
얼마를 치고 놀았는지 시장해서 고추를 내놓으며 밥 있냐고 하니 웬 고추냐고 좋아들 한다. 여기 분들은 이 고추가 수출용이며 귀한 것을 잘 안다. 고추에 밥, 술을 많이 먹었더니 고스톱은 뒷전이 되어 돈은 어느 정도 땄는지 모른다. 다방 여자분이 어딜 가냐고 묻는다. 이 근처에 절이 있냐고 물으니 제천 구인사를 이야기 한다.

제천 구인사

다음날 구인사에 가보니 내가 상상한 일반 절이 아니다. 하나의 계곡에 자리잡은 화려함과 웅장함. 많은 사람들. 내가 안 일반 절과는 확연히 틀린다. 나는 된장국을 잘 먹지 않는다. 여기선 식사 한끼에 천원을 받으며 된장국 김치 밥이 전부다. 형편이 안 되면 천원 없는 사람은 그냥 먹는다. 하루에 한 섬의 밥을 한다니 그 규모가 정말 대단하다.
잠은 넓은 여러 개의 방이 있어 많은 사람들이 움직이며 기도를 많이 한다.
나는 주변 산책 또는 스님들과 이야기 하는 것을 좋아한다. 주변 산책 중 팔순 된 스님이 조그마한 방에서 기도를 하고 계시기에 스님에게 인사를 하니 들어오라고 한다. 많은 이야기를 하며 즐거운 시간을 보냈다. 다음날 오전엔 산책, 오후엔 스님하고 시간을 보냈다.

삼 일째 되는 날 주변 산책과 정상에 오르니 산소가 있으며, 팻말이 있는 것이다. 아마 약력, 내 생각은 아마 창시자의 묘인 것 같았다. 나는 내려와 스님과 이야기 도중 스님에게 묻는다.

스님 이 절 박수가 창시한 것 아니냐고 하니 예끼 놈 하며 웃는다 긍정과 부정도 아니다

나는 다시 방학동으로 돌아와 많은 궁리와 새로 무엇을 할지 고민했지만 방도가 없다. 내 주위엔 부직포 관련 엄춘석 전기 철공소 부동산 인연이 다 모여서 시간을 보내며 고스톱 술과 시간을 보낸다. 내 허리 삼십이 안되며 몸무게 또한 60이 안 된다. 언제인가 얼마 되지 않는 시간 이삼 개월 지나지 않아 내 몸무게 변화 무쌍하게 74키로 허리둘레 37. 내 몸에 걸치는 옷 맞는 게 하나도 없다.

호떡 장사

방학동 친구 중 우영이란 친구에게 내가 처해 있는 현 상황을 이야기 하니 얼마 뒤 답십리에 있는 제과

점 친구가 호떡 만드는 반죽부터 방학동에 와 가리
켜 준다고 한다.

나는 니어카와 호떡장사를 할 수 있는 준비를 마치
고 얼마 뒤 우영이 친구가 메모지를 가지고 와 제
과점 친구가 시간을 내지 못하니 메모한 대로 하면
틀림없이 맛있게 될 꺼라 한다. 반죽에는 쌀, 죽,
우유, 소다, 소금, 많은 반죽 시간.

방학동 버스정류장이 있고 옆에는 제약회사, 정류
장에서 약 100미터 전방에는 비비안 여자분들이
많은 관계로 장사하는 데는 지장이 없다.

다만 골목 안에는 친구 아버님이 호떡 장사를 하고
있어 마음에 걸린다. 장사를 시작하기 전 친구아버
님에게 사정 이야기를 하며 얼마 동안만 장사를 하
겠다고 하니 하라고 한다. 아무것도 모르는 사람이
한다고 하니 대수롭지 않게 생각했다고 한다. 장사
한지 한 달이 지날 즈음 친구 아버님이 찾아온다.
이제 그만하면 안되냐? 너는 젊고 하고 있는 일도
있으니 그만 좀 하라고 한다.

아마 호떡 장사를 두 달 정도 한 것 같다. 호떡 맛
이 틀린다. 친구 아버님은 베이킹 파우다 호떡 손
바닥만 하지만 나는 소다수 재료로서 쫄깃하며 맛

이 내가 먹어 보아도 맛이 틀린다. 또한 내가 만든 호떡은 손바닥 절반 만하며 결국은 두 달 정도에 그만두고 토스트와 야끼만두 장사를 한다. 생각보다 수입이 좋았으며 삼월쯤 그만둔다.

3월 중순 이제는 다시 시작하는 마음으로 준비를 철저히 하며 우선적으로 목재 공장장을 만나 준비를 부탁한다. 목재값은 전년도에 비해 30~40%로 올랐다고 한다.

공장장 하고는 한두 달에 한번 정도 만나 술 한잔씩 하며 지냈지만 모든 것이 가격 인상되어 또한 방석 또한 가격이 내리는 현상이 발생한다.

그 동안 방석공장 여러 군데 늘어난 것 또한 영향이 발생한 것이다.

방석 또한 장당 200~300원 떨어져 이천칠백 원하던 것이 이천오백 원, 도매가격은 이천오백 원에서 이천이백에 거래가 형성되는 현상이다.

실용신안특허

우리에게는 원자재 상승과 제품 가격 내림세로 또한 인건비 상승, 여러모로 많은 애로가 있었지만 그래도 선방한 관계로 많은 이익이 발생한다.

6월 중순 경 성일이형이 찾아온다.

공장은 많은 어려움 있다는 이야기가 들린다. 형이 가지고 온 것은 특허문제로 출원은 했으나 이의신청을 할 돈, 여분이 없단다. 나는 춘석이란 사람을 만나 현 상황을 이야기 한다.

우리 세 집은 공동특허를 전제로 관심과 특허가 성사되도록 노력한다는 무언의 약속을 한다. 또한 반대하는 사람들을 만나 특허를 낼 수 있는 방향으로 설득하는 전제로 방학동에는 두 군데의 방석공장이 있으며 담양에는 여러 사람들이 특허 반대하는 쪽이다. 문제는 이미 20년 전에 스폰지로 실을 연결하여 베개를 특허를 냈으나 크게 우려 안 된다는 소견이다. 이럴 즈음 나에게는 인성이란 육십 대 사람을 만난다. 발이 넓으며 육군 감찰 과장을 지낸 분이다.

육본 감찰과장

특허 문제로 어려움 겪고 있을 때 점심이나 하자고 한다. 젊은 사람이 대범하지 못하다며 가자고 한다.

두 사람을 소개한다. 한 사람은 특허청 심사국에 있는 사람이고 고등학교 동창이라며 소개한다. 나 또한 특허문제를 이야기 하니 알았다고 한다. 점심을 같이 하려 했지만 여의치 않았다.

다음은 강남에 있는 은행 지점장이라고 소개한다. 행장님은 젊은 사람이 장사하는 사람이 은행을 내 집 삼아 다니면 많은 도움이 된다고 하며 열심히 하라고 하며 명함을 준다. 어려운 일이 있으면 찾아 오란다. 인성이란 분은 군에 있을 때는 말술이었지만 지금은 금주하고 있다 한다. 나는 이때부터 내 주위에 삼십 대 사람이 아니라 오십 대 육십 대 사람들과 어울리게 된다. 사람들과 만나면서도 무엇인가 사계절 할 수 있는 것을 찾으려 노력할 즈음 현배란 친구가 교자상 공장을 차린다. 시장조사 한 결과 시장이 방문판매에 한계가 있어 전적으로 매달리기에는 한계가 노출된다.

현배와 교자상

이때 김회장님을 알게 된다. 우리 물건을 안정적으로 수출할 수 있도록 많은 도움을 주었지만 되지를 않는다. 김회장님은 브라질 이민회 회장직을 수행하고 있을 때 박대통령 말년에 혁명 동지 중 유일하게 보직을 받지 않았다고 한다. 대통령 말년에 보직 문제로 들어오라고 해서 들어갔지만 대통령의 유고로 보직이 되질 않아 어려울 때 동기분들이 도와주고 있을 때 여러 사람들의 도움으로 만나게 된다. 이때 지엠자동차 회사 사람이라고 소개 받는다. 나이는 오십 대의 사람으로 자동차 스틱의 손잡이를 플라스틱 아닌 나무로 한다면 고급자동차 손잡이를 만들 수 있는지 물어본다. 가능하다고 하니 이분도 어느 정도 조사를 한 모양이다.

나는 목재 제재소 공장장과 통닭집에서 소주 한잔하며 도와달라고 한다. 사이즈와 사진을 보여주면서 부탁하니 삼일 뒤 제제소로 오라고 한다. 어디서 구했는지 물박달나무를 굵기 칠십 길이 오백 정도 나무를 아예 약품에 쪄서 가져가라고 주면서 왕십리에 있는 로구로 공장을 소개한다. 가서 이야기하니 공장장 친구라고 하며 이삼 일 있다 오라고 한다. 왕십리에 있는 식당에서 술 한잔하며 로구로 사장과 정식으로 인사를 하면서 다섯 개의 제품을 준다. 내가 보아도 자연적인 감촉이 기대 이상이다.

브라질 이민회장

형님들 고맙고 얼마냐고 하니, 아우님 술 한잔 받으셔 술 한잔 받으니 돈은 됐다고 하며 잘해보라고 한다. 이 일이 아니더라도 가끔 만나서 술 한잔 하자고 한다. 회장님 통해서 샘플을 보내니 며칠 되지 않아 보자고 한다. 나 말고 여러 군데에 샘플작업을 한 모양이다. 다른 데서 가지고 온 샘플은 다 비슷한데 내가 자기고 온 샘플만 틀린다고 하며 나무와 만든 과정 등 이야기 나오고 얼마 뒤 자동화 이야기가 나온다. 공장장 또 로구로 사장님의 교육 사전에 받았기에 자세하게 설명한다. 나무는 봄과 가을 절단나무가 틀린다. 봄 나무는 아무리 건조해도 건조가 잘 되지 않고 가을 나무는 건조하지 않아도 가공이 쉽고 다만 제품을 만들면 표면이 매끄럽지 않아 후가공으로 페파로 후가공 하여야만 용이하게 사용할 수 있다. 내가 만든 제품은 약품처리와 스팀처리 제품으로 표면이 깨끗하고 무늬의 생상이 또렷하다고 설명한다. 다만 자동화는 여건상 어렵다고 설명 한다. 제품을 만드는 과정과 공장을 보잔다. 나는 솔직히 방학동에 공장이 하우스이며 지금은 비어 있고 제품은 왕십리에 로구로 집단 단지에서 만들었다고 하며 딴 제품 또 한 왕십리에서 만들었을 거라고 말한다.

우리 셋은 80년 4월에 다시 공장을 시작하지만 특허 문제와 사회가 어수선하여 모든 것이 원활하지 않는다. 80년 5월 중순경 남대문 시장, 오전 주문과 수금 문제로 다니는데 학생들이 시장 안에서 우왕좌왕하면서 부산스럽다. 큰 도로에 나와 보니 전투 경찰 완전무장 많은 학생들 또한 치안본부 앞에서 대치 중이다. 조금 있으니 경찰 대표와 학생 대표가 만나 이야기를 나눈다. 경찰 등은 광화문으로 가지 않는다는 확약을 받고 길을 비켜준다. 나 또한 장사는 뒷전이고 학생을 따라 간다. 남대문쯤 왔을 때 서울에 있는 대학생들은 다 모인 것 같다. 하얀 가운 입은 의사와 간호사 서울역에서부터 남대문까지 나는 로마시대 또는 십팔 세기 영화를 보는 것을 좋아한다. 지금 눈 앞에 있는 학생과 경찰의 움직임이 로마시대와 십팔 세기 전투 장면이 흡사하다. 나는 남대문에서 구경할 때 학생들이 여기는 국보일호라고 하며 남대문에서 나가라고 한다. 많은 사람들이 학생의 말을 듣고 남대문에서 나온다. 남대문 시청쪽으로 이층 삼층 건물이 있어 위에 올라가 구경을 한다. 십팔 세기 전투장면 최루탄과 돌멩이가 날아다니며 부상자들은 들것 부축으로 간호학생들은 치료와 아우성 치는 장면은 차마 눈 뜨고 볼 수가 없다. 오전에 시작한 전투는 저녁이 돼서야 마무리 된다. 어마어마한 세트장에서 영화 촬영을 보는 것 같은 상상 이상이다.

2~3일 뒤 동대문 시장을 가니 서너 명이 모여 심각한 이야기를 나눈다. 내가 다가 가자 잠시 멈추자 저 사람은 괜찮다는 말을 듣고 이야기를 계속한다. 전라도 광주에 간 보따리 장사하던 여러 사람들이 군인들의 의해 다치고 나오지 못하고 있으며 광주 자체가 생지옥이라고 한다. 말하면서 치를 떨면서 눈물을 흘린다. 다음 날인가 방송과 신문에서 광주 사태에 방송을 하기 시작한다.

우리 역시 어려운 환경 속에서 그래도 선방을 한다. 특허문제와 여러 가지 일들이 꼬이기 시작한다. 특허를 반대하는 사람들과 만나 서로가 좋은 방향으로 가자고 하지만 담당 사람들은 무조건 안 된다고 한다. 특허가 나오질 않으면 1~2년 안에 방석공장을 할 수 없다고 하여도 막무가내로 이야기가 무산

된다. 그 후 15년이 지나 특허문제로 한 변리사를
만나 이야기 하는 도중 15년 전 특허청에 방석문
제로 특허청 책상을 엎으며 난동이 있어 특허 문제
가 무산된 일이 있었다고 한다. 80년 8월쯤 되었을
때 나하고 같이 세 들어 있는 분 정확히 무슨 일 하
는지 모르지만 내가 바둑을 처음 배울 때 바둑을
처음 가르쳐 주신 분이다. 어느 날 술 한잔 하자고
한다. 방학동에서 을지로4가 대연각 호텔로 간다.
호텔 내에 사무실이 있고 들어가자고 해서 들어가
니 여자분이 나이를 가늠 할 수 없으나 남자 체격
처럼 큰 편에 속하며 목소리 또한 힘이 있다. 같이
간 분이 김기사라고 처음 알았다. 어떻게 왔느냐고
물을 때 엉뚱하게 내 대답은 세상 구경 새롭게 하
고자 김기사님 따라왔다고 하니 웃으며 재밌게 놀
다 가란다.

대통령의 맏사위

옆에는 사십 대 정도 상당한 미남 아주 멋진 남자
가 잘 왔다고 하며 웃는다. 여기 여사장님은 로켓
트 밧데리의 진호 어머님이오, 이 전무님은 김영삼

맏사위라고 인사를 시킨다. 나는 조그마한 나무방
석 공장을 하며 사철 할 수 있는 무언가를 찾고 있
다고 인사를 한다. 우리는 막걸리와 파전을 함께
하며 즐거운 시간을 보낸다.

다음날 나는 삼일빌딩 옆 골목 2층에 있는 소화전
사무실 김기사의 소개로 출근하다시피 한다. 또한
이전무님과는 자주 만나 술 한잔씩 하며 보낼 때
어두운 그림자를 볼 수 있다. 이전무님은 주로 말
을 하는 편이고 김기사님은 일에 대한 이야기로 나
는 주로 들어주는 입장이다.

유학 때 만났으나 지금은 내 꿈꾸는 한 여자의 남
편으로 내가 무엇을 하고 싶어도 많은 제약이 있어
아무 것도 할 수 없는 입장. 장인 김영삼의 딸 남편
으로 어렵게 말을 하여도 미안하다고 말할 수 없는
입장. 내 꿈은 아무것도 할 수 없는 입장. 아마 서
민의 남편이었으면 일주일에 한 두 번 만나 술 한
잔 하는 것이 유일의 낭만이라 할까 소화전 사무실
에서 나에게 일이 조금 있지만 내가 있을 데는 아
닌 것 같다.

어느 날 사장님의 막내 아들, 나와는 두세 살 위다.
사람 참 좋으며 대학 미식축구 선수였다고 한다.

리비아 대사관

집안이 워낙 좋아 어느 날 술 한잔하며 외국에 나가자고 한다. 사촌 형이 리비아 대사로 나가는데 같이 가자고 하는 모양이다. 정식 직원 외에 2명 정도 나갈 수 있다고 하며 이미 이야기가 돼 있다고 한다. 태평양건설 이력서를 제출할 때 리비아 항만건설이라고 쓰면 이야기가 다 되었으니 제출하면 현장에서 대사관에서 데리러 온다고 한다. 하지만 난 어려울 것 같다. 이 형은 나에게 호의적으로 하지만 내 자신이 무학이라면 어떠한 마음을 가질까 무학.

나는 5~6개월 동안 나에게 많은 것들을 김기사님 이전무님 또한 많은 호의로 특히나 전무님과의 인연은 많은 과정을 시사해준다. 큰 포부를 가지고 계신 분. 그러나 무엇을 하더라도 많은 제약이 뒤따라 아무 것도 할 수 없는 입장. 장인께서는 자주 출근하기 전 사위에게 항상 미안하다고만 하지만 얼마나 마음이 십 년이 지난 어느 날 신문을 보니 대통령이 되자마자 제일 먼저 한 것 중 전무님의 미국 유학이라는 신문 한 구절 아마 전무님의 마음을 조금은 알 것 같다. 전무님의 의사에 원하든 원치 않든 나는 그 심정을 조금 알 것 같다.

할아버지 할머님

많은 것들을 느끼게 해준 모든 이들을 뒤로 하고 소방 업무는 접는다. 나에게 남은 돈은 백여만 원. 방학동에서 2~3년 동안 아침은 할아버지 내외분이 운영하는 식당에서 아침은 웬만하면 식당에서 아침을 먹는 편이다. 하나의 가족 이상으로 식당은 가족들의 의식주만 해결 할 정도다. 할머니의 정성. 서로가 의지 하며 가족같이 지내며 식당에는 할머니의 고향 친구 분이 자주 오신다. 할머니와 할아버지는 칠십 대에 시내에 장로교회 장로님으로 계신다.

자주오시며 좋은 이야기도 많이 하신다. 나에게는 친손주 이상으로 대하며 나에게는 친할머니 친할아버지의 사랑을 받지 못했지만 10대 때에는 산본리 할머니 할아버지 사랑을 받고 20대에는 장로님의 할머니 할아버지 사랑을 받으며 지내며 내 사업에 대한 조언과 해답을 주시곤 한다.

이 때에 우영이란 친구는 명동 채권 선물시장에서 어느 정도 자리를 잡고 있을 때 만나자는 연락이 와 명동 사무실에서 현재의 상황을 이야기 하면서 앞으로 채권 선물시장에 대하여 전망이 밝다며 이 계통으로 방향 전환을 내 친 매형 또한 사채시장에서 계신데 나는 성격이 맞지 않은 것 너무 많은 것 여러 가지 생각하지만 내가 움직일 수 있는 공간은 한정되어 있다.

우영의 채권시장

어느 날 할머니 할아버지와 나에 대한 의논을 하였지만 뚜렷한 게 없다. 우리나라 가구는 대형 가구 외는 을지로6가 중소가구 도매시장이 형성되어있어 전국적으로의 도매 시장이다. 여기에 가구 총무 겸 본인 가구 공장을 가지고 있는 곳에서 잠시 일을 한 적이 있다. 사장 편이라고 해야 맞을 것 같다. 나의 현상화 자금 문제에 대하여 이야기 하니 우리 공장에 대해 이야기 하니 장비문제는 없고 기술자만 있다면 무리 없이 운영이 가능하다는 문제는 기술자다. 여러 군데 수소문과 소개로 기술자와 보조

2명을 소개 받는다. 조건은 완성품에 대한 이미지 또는 생산과 셋트에 대한 마진 여러 가지로 추후 봉급에 대한 것은 제품생산 결과로 제품이 생산 무난하고 가구에 대해 배우면서 생산만 잘하면 납품과 건 수에 이상이 없으면 문방구 어음 현금이나 다름없는 어음을 세 셋트까지는 어음을 준다고 하며 도면을 준다. 당시에는 테레비 다이 길이는 이천 정도 되고 폭은 6백 정도 되며 문이 네 개여서 안에는 전축과 선반이 있어 다양하게 쓸 수 있는 제품이며 기술자들에게 물어보니 만들어 보며 납품에 이상 없이 생산했다고 한다. 우리는 생산기술자의 의도대로 도면 대로 작업하면서 모든 것이 순조롭게 되어 가던 중 마무리 나무 무늬의 필름을 부착 하던 중 자주 실수가 잦다. 몇 번이고 수정하지만 잘 되지 않는다.

가구 공장

작업자의 경험 부족 부분이 노출되면서 한 셋트 열 대 분을 중고 시장에 위탁 판매한다. 많은 손해를 보고 마음의 갈등이 많이 생긴다. 이때에 옆에 누

군가의 응원과 의논 상대를 절실하게 느끼며 작업
자들과 다시 한번 문제의 잘못된 부분을 재 점검하
며 다시 시작한다. 이번에는 돈이 부족하여 일부
외상으로 합판 필림 등 일부 외상으로 하지만 두
번째 셋트도 중고시장으로 처분한다. 빚만 지고 두
달 만에 손을 놓고 술과 낚시로 얼마를 보낸다.

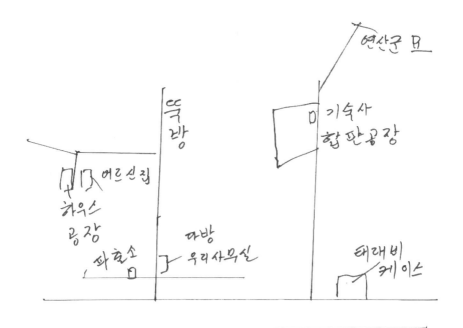

3부
젊은 놈이
다시 시작

너를 어떻게 하면 좋으냐 너를

젊은 놈이 다시 시작

어느 날 식당에서 장로님과 할머니가 보잔다. 찾아 뵈었더니 무엇이 잘못됐는지 알고 있느냐고 물으시면서 다시 시작하는 것 어떠하냐고 물으신다. 아직 젊음이 있으니 다시 시작하면 될 거라며 둘둘 말린 신문지를 던져주면서 다시 시작 해보란다. 신문지에는 큰 돈이 있는데 내가 장로님과 할머니를 보니까 아직 젊다 열심히 다시 한번 하라고 하면서 나가신다. 나는 멍하니 얼마 동안 있다가 묵은 돈 말고 터진 돈을 갖고 자치 방에서 나서면서 많은 고민을 한다. 이때에 나에게 관심과 의논 상대가 이성이 없다는 것 너무 외롭고 쓸쓸하다는 것 처음으로 외로움 절실하게 나는 많은 생각 끝에 오래 전 다방 누님을 찾아가 도움을 요청한다. 누님은 내가 22살 때 자주 다니던 다방에서 처음 만났지만 다방 일을 그만두고 몇 년간 그만두었다. 일 년 전 우연히 수유리에 있는 다방을 갔다가 만나 가끔 내 의논 또는 푸념을 들어주던 누님이다. 누님은 장로님과 할머니와 나 사이 일을 알고 싶어 한다. 안 지는 2~3년 됐고 돈 거래는 없었으며 내가 하는 일 또한 의논한 정도 요새 내가 힘들어 하니까 자주 식당에 들리며 이것 저것 물으셨다고 했다. 내 이야기를 듣고는 누님은 말한다.

내리막에는 아무리 많은 돈도

사람에 내리막일 때 아무리 많은 돈을 투자하여도 성공 확률은 제로이며 지금 가지고 있는 돈은 내 돈이 아니며 언젠가는 갚아야 돈이며 또한 그 돈으로 무엇을 하여도 잘못됐을 때에는 어떻게 할 것인지 묻는다. 잘못하면 평생 가슴에 담아 마음 고생하지 말란다. 나는 묵지 않은 돈 그 돈 가지고 4-5일 쓰고는 묵었던 돈 할머니와 장로님에게 같다 준다. 장로님은 내가 올 줄 안 모양이다. 여기 돈 도로 가지고 왔다고 하니 장로님 하는 말 딴 놈 같으면 가지고 갔을 것이다 하며 웃는다. 너 외국에 갔다 와라. 내 아들이 어느 회사에 이사로 있는데 이번에 소장으로 간단다. 니 얘기해놨으니 주소와 전화번호를 준다. 가서 머리와 마음을 비우고 오란다. 신화건설 협력사 웅남기공 이사님 되신다. 찾아가 뵈었더니 여태껏 잘 나간다고 하던데 웃으면서 말한다. 3월경 날 나오는 대로 연락 준다고 한다. 연락처는 큰 누나 집 주소와 전화 번호를 적어놓고 문제는 삼 개월 동안 있을 데가 마땅치 않다.

외국에 나가라

할 수 없이 문수네로˙ 들어가 얼마 동안 있자고 하니 그러라고 한다. 돈은 없고 쓰던 버릇은 있고 문수는 매일 담배 한 갑에 한 개비는 빼고 나누고 사무실로 간다. 돈 좀 없냐 하면 사무실로 나오라고 하면 사무실 맞은 편에는 다방이 있어 다방 아가씨들 보고 사무실 갔다 오라고 하면 수금하러 왔느냐고 하며 웃는다. 5~6만원 주면 쓸 데야 많지만 없어 못쓰지 하며 내 자신이 처량하고 슬프다. 낚시와 술과 고스톱 일과로 지내면서 어느 땐 낚시 해서 고기를 잡아 제수씨에 갖다 주면 제수씨는 고기를 입에 대지 않지만 매운탕은 감질나게 끓인다. 끝내 주는 어느 날의 술 안주.
어느덧 일 개월이 지날 무렵 문수네 옆에 사시는 분을 소개한다. 자주 고스톱 시간을 보낼 때 같이 하던 분 건축 현장 소장이란다.

나는 건축현장인 종로5가 현장을 가보니 마지막 공사가 한참이다. 야방을 보며 한 달의 시간을 보낸다. 현장일 끝나고 갈 데가 없다. 어떻게 가다 보니 가리봉동에 간다.

한 고물상에 가서 고물장사를 하고 싶다고 한다. 있으라고 하면서 방을 하나 내준다. 고물상에서 두 달을 보낸다.

이제는 출국 날짜가 다가와 문수네서 열흘을 보내고 누나네로 들어가 3일 후에 출발한다. 중동의 아부 비행기는 일본공항 근처 호텔에서 저녁을 보내고 아침에 식당에서 여러 가지 빵이 나오는데 우리 일행 이십여 명이 서너 명씩 자리에 앉아 먹고 있는데 주위를 보니 한국 사람도 여기저기 보이기 시작한다.

가족단위로 온 사람도 있지만 눈에 보이는 부분이 있으니 40~50대의 여자 대여섯 분이 있는데 서로가 외면 아닌 외면.

말하는 것 또한 어설프다. 하도 어색하여 옆에 있는 사람한테 보라고 하니 웃는다. 저 여자들은 여행 겸 일본 남자들하고 여행 하면서 방콕에서 하룻

밤을 더 자고 저녁에 도착하면서 버스로 3~4시간 걸려 캠프에 도착하니 캠프 주위에 아름다운 불빛과 화려한 조명이 너무나 아름다워 아주 큰 도시에 온 것 같다. 다음날 아침에 주위를 보니 아름다운 불빛은 어딜 가고 삭막한 공허감이 든다.

캠프에는 50여 개국 사람들의 인간전시장이나 다름없다.

저녁 무렵 아름다운 정유공장 불빛으로 인해 육칠개월 동안 불면증에 시달린다.

아침 식단은 스프나 죽이었으나 실무진의 배려로 밥으로 바뀐다 버스 타고 30~40분 가면 현장에서 점심시간은 두 시간을 준다. 식단은 고기 위주며 김치는 너무 비싸기 때문에 고기 위주로 식단을 짠다고 한다. 우리 식당 한국인 2명이 주방에 있으며 관리자는 영국인이다.

관리자는 여름에 미역냉국은 특히 관심이 많아 미역냉국을 만드는 과정에서 특히 검사를 많이 하는 것 같았다. 저녁 시간대에는 야근이 많으며 나는 주말에 낚시나 책을 많이 보는데 꾸준하게 본 책은 리더스 다이제스트, 샘터, 일본인이 쓴 책 복합 오염이란 책이다.

주 원청 아람코 일본 지요다 신화건설 하청업체 웅남기공이다. 주말엔 주방에 한국의 주방장에게 고기를 달라하면 소고기 반근 정도 주면 소고기를 가지고 낚시 입감으로 쓰며 소고기 반근 정도면 여러 면에서 쓸 수도 있다.

원청 아람코

나는 주로 잡는 걸 좋아했으며 주말엔 시내에 나가 쇼핑을 하기 위해 버스를 내준다. 나는 쇼핑보다 주위에 있는 시장 다니는 것을 좋아하며 어느 날엔 시내 시장 둘러보면 우리네의 시장과는 많이 다르다. 어느 날은 동네 외딴 곳의 양고기 철판 위에 익혀서 파는 곳 구경하면서 도구를 이용하면서 한쪽으로 분리해 열서너 조각을 얼마냐면서 손바닥 위에 동전을 올려 놓고 손바닥을 펼치니 여러 명의 아랍인들이 손짓을 하며 고맙다는 의사표시를 한다. 어느 나라에서 왔는지 손짓발짓 코리언 이라고 하니 신기 하다면서 우리 음식을 먹어 고맙다는 표시를 한다. 그 와중에 옷을 깔끔히 입은 젊은 사람이 나에게 다가오면서 악수를 청하면서 사진을 찍자고 한다 둘이서 사진을 찍고는 자기의 주소와 전화번호를 적어준다. 나는 서울 누나네 주소와 전화번호를 적어주면서 마무리 한다.

십 개월이 흐를 즈음 현장이 술렁거리면서 작업자들이 일들을 멈추면서 우왕좌왕 하길래 조심스레 물어보니 국내 한 가정 아이가 굶고 있으며, 엄마는 가출 상태라고 전화가 온 모양이다.

그 여파는 며칠이 갔으며 어느 정도 안정 될 즈음 아이스박스 조그만 것 사가지고 점심을 싸가지고 현장에서 점심을 먹으며 산소 절단을 배우기 시작한다.

점심시간 산소절단

이왕 여기 왔을 바엔 무엇인가 배워 사회에 나가 쓸 수 있는 기술 생각해 보다가 산소 절단이란 생각에 배우기로 맘 먹고 열심히 배운다. 주위에는 파이프 철판 사용하고 남는 자재는 나의 연습 상대가 되어 삼사월 지날 즈음 어느 정도의 기술을 갖추게 되었다. 육 개월 연장으로 이사님의 배려로 십팔 개월 일을 끝으로 귀국하면서 바로 연계되어 20여일 후 사우디로 출국하란다. 나는 있는 동안 지난날 나를 도와준 여러 사람들에게 있는 빚 방학동 합판가게를 시작으로 그 동안 어디 있었는지 외국에서 며칠 전에 왔다면서 봉투를 내미니 술 한잔하자면서 식당으로 가니 점심 겸 술 한잔하니 술값을 나보고 내라면서 진 빚은 이 술 한잔으로 됐다면서 다음에 무엇을 시작하면 나한테 제일 먼저 오란다.

건양 혁상무님을 찾아 뵈니 찾아와 줘서 고맙다고 하면서 돈을 받지 않는다. 백여만 원의 빚이 있었지만 이삼십만 원으로 정리가 된다. 방학동의 장로님 찾아 뵈어 그 동안 일에 대해 고맙다는 인사를 하면서 사우디로 떠난다. 사우디에는 주베일 바닷가 근처가 되어 그렇게 덥지 않으면서 현장소장님은 두바이 전 현장의 부소장으로 있던 분이 현장소장이 됐으며, 나와의 악연인 사이로 현장에는 많은 사람들이 전 현장에 있던 분들이 대부분이어서 전 현장이 보다 여유 있는 생활을 할 수 있어 이사님의 처남도 같이 일을 할 수 있는데 마음 편하게 있어 여기에는 우리나라 신화건설의 대림건설회사가 같이 일하는 공간이 있다.

어느 날 샤워장에서 샤워하고 있는데 어디서 많이 본 친구가 있는데 이름이 나오질 않는다.

야 너 하면서 웃는다.

반가운데 이름이 떠오르지 않는다. 이 친구 역시 마찬가지로 빨가벗고 악수하면서 웃는다고 생각해 봐라. 방학동에 동렬이란 친구다.

한 사 년 만에 만나니 너무나도 반가웠다. 현장이 마무리 될 때까지 서로가 의지하며 보냈다.

여기선 전 현장이나 마찬가지로 현 소장과 별로 안 좋아 공사현장에서 사고가 난다.

높은 탑탱크 위에 5자 되는 지름이 5~6미터 길이 1,200m S자의 형태를 크레인과 체인 무려 3t 1개, 2t 1개, 1t 1개로 수평 잡아 연결하는 것인데 나를 보고 파이프 위에 올라가 수신호 하라는 것이다.

많은 사람들이 보고 있었다. 나는 수신호와 도비 전문이 아니라며 거부하였다. 전문 도비는 무게 5t 길이 6~7미터의 파이프를 들어올려 나와 들려있는 대로 옮기는 순간 높이 5~6미터의 높이에서 줄

이 끊어지면서 전문도비는 콘크리트 바닥에 떨어지면서 허리를 다친다. 국내에 이송하기 전 울고불고 한다. 아마 집은 울산지역인 것 같다. 왜 저렇게 고통스러워 하는지 주위에 물어보니 귀국과 동시에 부인의 바람으로 인해 이혼과 동시에 결혼하고 바로 외국 현장으로 와 육 개월 밖에 걸리지 않은 상태로 사고가 나 사고가 난지 얼마 뒤 귀국길에 오른다.

우레탄 공장

귀국한 지 얼마 되지 않아 누나와 매형은 걱정이 되는지 앞으로 무엇을 할 것인지 물어본다. 아직이라고 하니 매형은 뻥뛰기 공장을 하는 것이 어떠하냐고 묻는다. 부평 천천동에 있는 이성우레탄 공장이다. 이때만 해도 우레탄이란 용어는 생소한 것이고 우리나라에 들어온 지 얼마 되지 않아 마진폭이 좋은 관계로 매형이 권하는 것이다. 사실 매형은 종이 도매업을 그만두고 사채시장에서 변호사 두세 분 모시고 사채업을 하신다. 우레탄 회사에 찾아가 공장장과 반장을 만나 여기에서 근무하고자 한다고 하니 우선은 나이가 많고 둘째는 여기서 기술 이전과 사람들의 이동 문제를 이야기 하면서 안 된다고 한다.

반나절을 반장을 설득하여 일하기로 한다. 기숙사에서 일하면서 친하게 지내면서 3개월 지날 즈음 가슴과 마음이 답답하여 공장장을 만나 그간 있었던 이야기를 하면서 그만두고 여행을 간다고 하니 공장장님은 지난 일들은 대충 알겠다면서 마음이 정리되면 기술과 영업에 대한 것을 가르쳐 줄 테니 언제든 오라고 한다.

배낭과 낚시가방을 메고 누나네서 매형과 누나에게 마음과 정신적으로 답답해서 여행을 떠난다고 하니 다녀와서 다시 의논하자고 한다.

12. 12~13일경 청량리역에서 아침 일찍 강원도 강릉 표를 끊고 열차를 타니 객차 안에 단 세 사람이 앉게 된다.

한 분은 70대에 준하는 분이고, 한 사람은 20대 중반 되는 여자분이고 나 또한 낚시 가방과 배낭을 메고 있는 나를 보고 신기한 모양이다.

이런 저런 이야기 하다가 여행과 낚시가방에 대해

묻는다. 외국근로자로 있다 귀국한지 얼마 되지 않아 가슴과 마음이 답답하여 여행하려고 한다고 이야기 보따리를 내놓는다. 이런저런 이야기 중 성씨가 무엇인지 묻는다. 청풍김씨라고 이야기하니 제천과 단양 사이에 도진리라는 지명이 있으며, 청풍김씨 시조 시제 모시는 곳이 있으며 아마 땜 공사로 인해 수몰된다고 이야기 한다. 나는 일정을 변경해서 원주에서 버스로 이동하면 어떠하냐고 물으니 좋은 생각이라고 말한다. 옆에서 이야기를 듣던 젊은 여자분은 가만히 우리의 이야기를 듣던 중 같이 따라가면 어떠하냐고 묻는다. 나는 여자를 보니 조그마한 손지갑과 운동화와 잠바 차림이다. 여자분은 눈빛이 글쎄 나 또한 여자를 한번 더 보고 같이 가자고 한다. 어르신에게는 고맙다고 하면서 원주에서 버스로 단양 가는 버스를 타면서 기사아저씨에게 도진리 갈 수 있는 택시 타는 곳까지 부탁하면서 여자와 버스에 오른다.

단양에 도착하니 단양시내가 전체 공사 중이다. 수몰지역에서 단양 신도시를 건설한다고 한다.

신 단양시 전체가 도시 건설 중 넓은 지역이 하나의 도시가 건설 중 나는 택시기사에게 있는 그대로 청풍김씨 시제 모시는 곳 갔다 오자고 하니 자기도 청풍김씨라고 하면서 거기에는 아무도 없으며 묘지기 한 가구가 사신다고 한다. 그래도 갈 건지 묻는다. 그래도 가자고 하니 기사아저씨는 웃으면서 가자고 한다.

여자와 동행

이런저런 이야기 중 기차에서 이야기 들었으며 우리는 개성이라고 하니 기사아저씨는 청풍김씨는 세 성 계파가 있으며 여기는 청풍김씨 시조를 모시고 있는 곳이라고 한다. 이야기 중 도착하여 묘지기 집으로 들어가 이야기를 나누니 기사 아저씨와 이야기와 일치한다.

음력 10월 첫 주에 시제를 모시는 날.

시제 전날 사람들이 많이 모이니 일찍 오는 것이 좋다고 한다. 택시기사 아저씨 도움으로 많은 정보를 갖고 저녁에 강릉에 도착하여 몇 군데 양품점에 들러 여자분은 나에게 얼마의 돈을 빌릴 수 있냐고 한다. 지갑을 열어 쓸 만큼 가지고 가라고 하니 오만 원 정도 손에 쥔다. 양품점에 들어가 주인 아주머니와 한참을 이야기 하더니 전화기를 붙들고 한참을 운다. 그리고 양품점 주인 아주머니와 통화를 끝으로 여자는 가방과 신발, 외투 여러 가지 옷을 구매하고 주위에 있는 여관에 방을 두 개를 잡고 아침에 일찍 움직이려 했지만 아침이 한참이 지나서야 양품적으로 가서 아주머니와 고맙다는 인사를 하는 모양이다.

내가 처음 계획했던 속초로 가서 일정대로 한다. 해안을 따라 버스와 도보로 걷다 보니 아름다운 절경이 감탄사가 나오며 가슴이 후련해 지는 것 같다. 얼마를 걷다 보니 다시 강에 오게 된다.

여자와 나는 많은 이야기를 하지만 조잘대는 것은 나였다.

강릉에 도착하여 보니 한쪽은 바다요 반대쪽은 호수다. 주위에 앉아 배낭에서 소주와 과자를 꺼내 술 한잔 하며 술을 권하니 서로 한 병을 비울 즈음 여행에 대해 묻는다.

나는 젊을 때 부모님과 누나들에 또한 사업과 파산과 중동에서 나온 지 얼마 되지 않아 새로운 무엇인가 계획했지만 가슴과 마음이 답답하고 무언가

억누르는 기분 이 상태도 무엇인가 하다가는 내 자신이 먼저 자제를 잃어 아무 것도 할 수가 없을 거다. 여행을 얼마의 시간을 보내다 보면 무엇인가 새로운 마음으로 시작할 것 같아 여행 중이라고 이야기 한다. 우리는 두 번째 술병을 기울이고 있다. 왜 안 물어 보는지 물어본다. 얼마나 답답하면 손지갑만 들고 기차를 탔는지 나와 같은 마음이 아닌지 생각했다고 하니 이해해 주어서 고맙다고 한다. 그러더니 눈물을 흘리며 이야기 한다. 아버지는 없으며 위로는 오빠가 있으며 대학 2년 때 군 제대 편입생이 사귀는 기간 너무나도 예의 바른 면모에 외동이란 것 엄마가 어느 정도의 자산을 가지고 어려움 없이 자란 사람이라 호감이 갔다고 한다.

결혼은 했지만

졸업과 동시에 결혼한 결과 실망만이 남아 있었으며, 시어머니의 시집살이에 지쳐 몇 번인가 신랑에게 이야기 했지만 신랑의 외면. 무엇 하나 마음을 어디 둘지 몰라 정서적으로 황폐해 가는 것 같다고 한다. 전날 시장 간다고 손지갑 갖고 나왔지만 서글픔을 이기지 못해 친구 집에서 하룻밤을 보내고 아침 일찍 강릉 가는 기차를 타고 보니 좋은 사람 만나게 됐다고 하면서 운다.

우리는 저녁 붉은 노을을 보면서 처음 손을 잡으면서 강릉에서 하루를 보내고 아침 일찍 움직이자고 한다. 방을 두 개를 얻어 잠을 청하지만 잠이 오지를 않는다. 얼마가 지났을까 여자분이 술과 안주를 들고 들어온다 잠이 안 와서 여자의 눈에는 충열되어 웃지만 울고 싶어라 하는 눈치다.

우리는 얼마를 마셨는지 모르지만 여자는 아무 말 하지 말라는 듯 내 이불 속으로 들어온다.

강릉 해안가에서 가다 보면 소나무 밭이요 지나다 보면 포구와 마을이면서 힘들 때는 버스를 타고 걷기도 하면서 얼마를 갔을까 시간이 서너 시쯤 됐을까 마을 끝자락 식당이란 간판이 있으며 불빛이 보인다.

들어가 밥을 사 먹을 수 있는지 물어보니 웃으면서 들어오라고 한다. 들어가니 두 내외분이 두 분의 남자분과 한 명의 여자분은 화투를 하고 한 분은 닭을 손질하며 어서 오라고 한다. 오늘 우리 영감의 생일이라면서 같이 먹자고 하면서 젊은이 화투를 하는지 물어본다. 할 줄 안다고 하니 잘됐다고 하면서 여자분이 일어나면서 나는 저녁 준비할 테니 여기 앉아서 화투를 치라고 한다.

여자를 데리고 들어가 같이 음식 하면서 술 한잔하는 모양이다. 여자분들은 금방 친하게 지내면서 웃음바다가 되면서 즐겁게 음식을 장만한다.

남자 셋은 고스톱을 치면서 여자들 음식 하는 것 곁눈질 한다. 고스톱은 잃어주고 싶은데 잘 안 된다.

얼마가 지났는지 음식을 먹으면서 어떤 여행인지 물어본다.

외국에서 들어온 지 얼마 되지 않아 답답하여 여행 중이라고 하니 신혼 중인가 묻는다.

그렇다고 하니 젊음이 좋다고 하면서 좋은 때라고 하면서 옆집에 가서 잘 테니 여기 방에서 자란다고 한다.

서울에서 자제분들이 내려오면 서로가 방을 빌린다면서 여름에는 방 관리를 하지만 겨울에는 하지 않는다고 한다 아무 부담 갖지 말고 자라고 한다.

우리는 술 한잔 더 먹고 잠을 청한다. 여자는 한참

흐느끼면서 알 수 없는 말을 한다.

아침에 일어나 보니 밥상이 차려져 있다. 아침을 일찍 먹은 지가 오래된 것 같다. 얼마의 돈을 상 위에 놓고 출발하니 이제 어디를 가느냐고 묻는다. 지도를 보니 백암온천이 눈에 보인다.

백암온천에서 보내자고 하니 고개를 끄덕인다. 버스를 타고 백암온천 간다고 하니 바로 가는 버스는 없고 내리는 장소에서 40~50분 기다리면 백암온천 가는 버스가 있다고 한다. 정류장에서 내려보니 슈퍼와 공중전화가 있고 바닷가엔 동네 분들이 큰 그물을 끌어 올리고 있다.

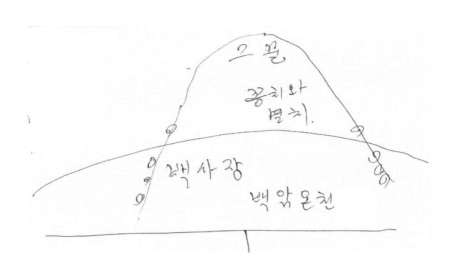

어부들의 멸치

가서 보니 바구니엔 큰 멸치와 고등어 만이 올라와 있으며 아직도 그물을 끌어올리는 사람과 정리하는 사람들이 부지런히 움직인다. 나는 배낭에서 콘벨 꺼내 정리하는 사람에게 주니 한 바가지 멸치를 준다. 나는 물가에 가 여러 사람들에게 오라고 하면서 초장과 술과 컵을 내밀면서 같이 먹자고 하니 어느 사람은 슈퍼에서 소주를 사가지고 와 즐겁게

멸치를 머리를 잡고 모래 위에 쓱쓱 스치면서 초장과 어울려 먹으니 세상에서 이런 맛을 글쎄 언제 이런 재미와 맛을 볼 수 있을까 여자는 술 한잔 들어가니 얼굴에 홍조가 띄면서 너무나도 아름다운 모습이다.

얼마나 지났을까 공중전화를 한참 붙들고 울던 여자는 고맙다고 하면서 집에 가야겠다고 하면서 이제는 정리 해야겠다고 한다. 집을 나온 지 오래됐는데 전화 한 통 없다고 하면서 정리를 해야겠다고 한다.

나는 배웅하고는 백암온천에 도착하니 전면에는 온천이며 우측에는 2층인지 3층인지 지하에는 다방이 있어 차 한잔 하면서 온천 말고 주위에 가 볼 데가 있는지 물어본다.

한 분이 온천 뒷동네 이야기를 하면서 자연 그대로 백 년 전 그대로 모든 것이 정체된 것 아름다운 계곡이라고 한다.

나는 바로 버스 타고 주위를 보니 양쪽에 긴 의자로 막차인지 열 명 정도 타고 있으며, 옆에는 방위가 타고 있으면서 나에게 묻는다. 동네에 아는 사람 있는지 하기야 내 모습은 배낭에다 낚시가방에다 처음 보는 외지인 시선이 나에게 쏠려 있어 방위가 걱정스러워 물어본다. 아는 사람 없으며 가다 보면 마을회관이나 이장 네 찾아가 묵어갈 예정이라고 하니 어렵다고 하면서 우리집에서 하루 이틀 보내면 어떠하냐고 묻는다.

하기야 사서 고생하는 것 보단 안전하게 방위 말 듣는 것이 맞을 수가 있을 거라 생각해 그러자고 한다. 이틀 자는데 3만원 달라고 한다. 방위라 돈이 없다고 하길래 삼만 원 준다. 여기 있으면 결혼하기가 힘들어 수원에서 직장 생활 했으며 지금은 집사람 나이가 스물한 살이며 아이는 둘이라고 한다. 어두워 집에 도착하니 애 엄마가 밥상을 들고 들어오는데 숨이 막힌다.

방위와 아름다운 여인

너무 어리지만 두 아이 엄마치곤 너무 아름답고 고귀한 자태에 눈을 어디에 둘지 모르겠다. 너무나 곱고 아름다운 여인이다. 아침에 일어나 주위를 보니 큰 개천에 외진 곳. 사방 백 미터엔 아무것도 보이질 않는다. 큰 냇가엔 물안개가 피어나 무릉도원에 온 것 조용하고 아름다운 곳 나는 헛간에서 바켓스와 함마를 들고 개울가로 가 고기를 잡기 시작한다.

조그마한 바위와 돌을 함마로 내리쳐 돌을 들춰내면 개구리와 물고기가 나를 반긴다. 한두 시간 흐른 지도 모른 채 잡는 재미가 바켓스로 반을 잡고 손질을 해 개구리와 물고기는 머리와 내장을 들어내 튀김가루를 무쳐 기름에 튀기니 세 살짜리는 튀겨서 주는 대로 잘도 받아 먹는다. 애 엄마는 내가 움직일 때마다 작은아이를 끌어안는다. 그러면 작

은 아이는 뒤뚱거리며 고기를 입에 물려주면 엄마
한테 조르륵 달려간다. 두 번째 튀기면 바삭거리면
서 맛있을 때 접시에 얼마를 담아주면서 서방님하
고 먹으라고 내준다. 다음날 나는 온천에서 목욕을
한 다음 버스를 타고 마산으로 간다.

양산의 다방

가는 도중 기사 아저씨와 손님이 양산 이야기 나누
는 것이다. 양산 십여 년 전에 스치는 여인네의 얼
굴이 가물거린다. 기사 아저씨에게 양산시장에 내
려 달라고 하니 지금은 저녁에 아무것도 없을 것이
라고 하니 다방이라도 있으면 됐다고 하니 아무 말
않고 다방 앞에 차를 세운다. 다방에 들어가니 나
이 드신 분들이 화투를 치고 있으면서 술 한잔씩
하고 있다. 고스톱 같이 하자고 하니 어서 오라고
한다. 다방 여자분이 여기 사람 아니냐고 웃으면서
말한다.
지금은 여행 중이며 여기는 옛날 한 여인의 고향이
며 20대 초 한두 번 왔다고 하면서 옛날 생각나 다
방에 들어왔다고 말하니 웃기만 한다. 얼마의 시간

이 지날 즈음 여행 중 제일 생각나는 곳 하면서 묻는다. 나는 온천 뒷동네 아름다운 그녀 하면서 튀긴 물고기와 개구리를 내미니 눈이 즐거운 모양이다. 너무나도 아름다운 그녀에 대해 이야기하니 그걸 그냥 하면서 서로가 웃으면서 정말 그 정도냐고 묻는다.

화투 하다가 술이 어느 정도 들어가니 나이 드신 분들은 집에 가고 나는 다방 여인네에게 근처에 잠잘 곳 물어보니 여기는 아무 것도 없으며 차를 타고 나가야 잠잘 곳이 있다고 한다.

나는 이 시간 차는 끊겼고 여기 테이블에서 자자고 하니 한 여인이 난 언니와 잘 테니 자기 방에서 자라면서 방을 비워 준다면서 자라고 한다. 얼마를 잤을까 언니가 손님이 와서 라면서 이불 속으로 들어온다.

아침에 잘 차려진 아침을 먹고 마산 누나네로 간다. 이틀을 보내고 보니 크리스마스 다음날. 나는 여행을 떠난다. 지도를 보니 지리산 정상을 가고 싶은 마음에 사람들에게 물어보니 진주로 가서 지리산 가는 길을 찾아 보라고 한다.

우리나라에 아름다운 계곡

진주를 지나 얼마를 갔을까 드넓은 개울 아름다운 계곡 무협지에서나 볼 수 있는 계곡 높이가 50미터 이상 아름다운 계곡 안이 눈에 보이는 가옥은 대여섯 채. 버스 안에서 젊은 여자들이 목소리가 톤이 높아지며 재잘댄다. 대충 20대초 전후 한 아가씨를 붙들고 이것저것 물어보니 부산에서 직장생활 하면서 지금은 회사에서 일찍 휴가를 주어 오게 됐다면서 그러면 여기 젊은 아가씨들 한 회사냐고 물으니 그렇다고 말한다. 회사에 대해 이해할 수 있는 부분이다.

버스는 얼마를 갔을까 조그마한 절 위주로 많은 나이 드신 아주머니들이 그룹으로 형성되어 이동한다 시간도 저녁시간이라 버스에서 내려 한 아주머니 붙들고 무슨 좋은 일 있는지 물어보니 오늘 여기 절 주지스님 환갑이라 마을에서 환갑잔치를 차려 드린다고 하며 가자고 한다. 나는 너무 피곤해 그러나 절에서 묵고 가면 어떠하냐고 물으니 아예 잠자리 봐주면서 자라고 하면서 시간이 되면 잔치 마을회관으로 오라 하면서 간다. 얼마를 잤는 지는 모르지만 상당히 많이 잔 모양이다. 옆에는 상 위에 떡과 과일 여러 가지 한 상 차려져 있어 조금 먹고 다시 자니 스님이 오셔 깨운다. 어서 일어나 정신차리고 일어나 아침을 다시 차려준다. 스님께선 어떠한 계기가 되어 여행 중인가 묻는다.

지나간 이야기와 정신적인 문제와 답답한 마음에 여행 다니며 약 15일 정도 되며 절을 좋아해 틈틈이 절에서 지내면서 스님과 대화 하다 보면 마음이 가벼워진다고 하니 좋은 현상이라고 한다. 다음 일정을 묻길래 우선 지리산 1월 1일 정상까지만 생각한다고 하니 스님께선 정상 밑에 우리나라에서 제일 높은 절이 있으며 도선사라고 하면서 절 스님과는 잘 아는 사이라고 한다.

지리산 우리나라에서 제일 높은 절 도선사

초저녁 무렵 지리산 초입에 가파른 도로가 나오며 좌측에 큰절이 보인다. 절 입구에 들어서니 입구 또한 내리막이며 그런대로 큰절이다. 나는 한 스님에게 여행 중이며 절에서 하루 묵고 갔으면 한다고 하니 처음에는 안 된다고 하다 나이 드신 스님께서 들어와 자라고 하면서 자리를 내준다. 아침에 일찍 일어나 스님 20여 명과 예불을 올리니 스님들의 마음이 많이 유해지며 친절을 베푼다. 지리산 산중에 낚시가방과 배낭을 메고 등산을 하는 나를 보고 사람들이 웃는다. 얼마나 갔을까 거진 정상에 왔을 때 절이 보이며 절 위에 산중 쉼터가 보인다. 나는 절 안에 들어가 스님을 찾으니 보살님이 나를 반기면서 스님은 나이가 있어 자주 마을에 계시며 이틀 전 마을에 내려갔으며 대신 보살님이 절을 관리한다고 한다. 하기야 조그마한 법당과 방 두 개의 조그마한 절이라고 보살님이 말씀하신다. 무슨 일인지 묻길래 지나 온 이야기와 오기 전 마을 스님 이야기를 하니 보살님도 스님을 안다 한다.

이틀을 보내고 싶다고 하니 보살님이 합장을 하며 편히 보내라고 한다. 이틀을 보내면서 마음 또한 편안함을 느끼면서 산책과 정상을 오르내리고 1월 1일 아침 일찍 배낭과 낚시가방을 메고 정상에 오르니 하얀 눈 위에 해가 뜨니 여러 사람들의 즐거움과 희망을 주던 나에게도 마음 또한 가벼운 마음, 즐거운 마음. 여러 팀들이 여기 저기 사진을 찍어주면서 진주시청 사람들이라고 한다.

진주시청 사람들

나는 누나의 주소와 돈을 내밀면서 이쪽으로 사진 보내주면 고맙겠다고 하니 돈은 놔두라고 하면서 주소만 가지고 간다. 시청사람들과 인사를 하니 더욱 더 기분이 좋아진다. 나는 지도를 보면서 다음 행선지를 그려보면서 진도로 향한다. 겨울 진도의 외딴 지역은 바다와 인접한 조그마한 마을이다. 가도가도 사람은 볼 수가 없고 을씨년스럽다. 얼마를 가니 한 남자분이 김 밭을 정리와 수거를 하면서 나를 보더니 여기는 외딴 곳이며 외진 곳이라고 말한다. 나는 여행 중이며 외딴 곳에서 하루를 보내고자 하니 하숙비를 요구한다. 본인은 30 넘었으며 아직 결혼전이라고 한다. 밥상을 차려와 얼마의 돈을 주고 잠을 청한다. 주인은 아침 일찍 일어나 배타고 가길래 같이 가자고 하니 그러라고 한다. 배타고 얼마 안가 김 따는 곳이 나와 한두 시간 도와줬는지 모른다.

따온 김을 틀에 걸쳐 김을 생산한다. 아마 혼자 모든 것을 할 때는 오랜 시간이 소요되는 일인데 반면 소득이 별로 인가 보다.

진도를 뒤로하고 저녁 무렵 목포 기차역전 부근 만화가계서 눈을 붙이기로 한다. 4~50평 되는 만화방 난로가 2개가 눈에 보이면서 사람은 발 디딜 틈이 없다.

문 앞 난로 옆은 20대 초반 여자 서너 명이 초가을 옷에 슬리퍼를 신고 있는 곳을 본다 주위엔 대여섯 명의 남자들이 감싸는 형편이다.

아마 섬으로 팔려가는 여자들인가 보다. 나는 한 일행에게 위도로 갈려고 하는데 어떻게 가냐고 물으니 광주역에서 군산가는 열차를 타고 가면 군산에서 위도 가는 배가 있으며 지금은 위도가 볼 게 없고 가서 볼 때도 아니라고 한다. 광주역에서 보니 여자 두 분만 있다. 한 여자분은 40대고 한 여자분은 빵떡 모자를 덮고 있어 나이를 가늠할 수 가 없다. 20대 말이나 정도 나는 자판기 커피를 3잔을 뽑아 아주머니에게 주고 젊은 여자에게 갔다 주면서 나는 여행 중이며 위도를 갈려고 한다며 어디를 여행 중이며 지리산에서 내려 와 서울로 간다 한다.

같이 가자고 하니 웃으면서 일이 있어 안 된다고 한다. 나는 다시 만나고자 하니 주소를 적어준다. 나 또한 누나네 주소와 전화번호를 준다. 위도에 들어가니 정말 잘못 온 것에 대한 난 섬을 산책 좀 하다가 여인숙에서 잠을 청한다. 나는 위도를 뒤로 하고 논산시장으로 간다. 가는 날이 5일장이라 진도와 위도의 일은 잊어 버리고 10살 때의 아버지를 생각하면서 오일장의 신선함을 만끽한다. 한 어르신은 지게에 한 가마니의 고구마를 팔고 계신다. 산토끼 올무 째 묶여 있는 동물 살아 있는 개와 닭, 고양이, 없는 것 없다. 아저씨 노루와 멧돼지는요 상인은 살아있는 것 죽은 것 웃으면서 묻는다. 살아있는 것은 이틀이요 죽은 것은 하루면 손질해서 집에까지 갖다 준다고 한다. 나는 고구마 할아버지와 동행하기로 한다. 할아버지의 모습은 한복과 머리에 쓰는 망고인가 갓은 아니고 긴 담뱃대에 담뱃대는 등 뒤에 꽂고 카메라가 있으면 한번은 찍고 싶었다. 집에 도착하니 고구마와 차를 내주면서 여행 중이냐 재차 묻는다.

왜 그러냐고 이 일대 청학동내에는 정감록 정도령이라는 내용 때문에 고통을 너무 받아 사람이 사람을 믿지 못해 고통을 많이 받았다고 한다. 나는 어르신의 마음을 이해하면서 마지막 여정 온양온천에서 하루를 보내기로 한다.

온양온천은 내가 생각 의외로 거리가 한산하면서 썰렁하다. 모처럼 뜨거운 물에 담그니 몸과 마음이 나른 해지며 잠을 청하니 초저녁이라 그런지 잠이 오지 않는다.

10시가 넘어 포장마차에서 술 한잔 먹으면서 주위를 보니 사람들이 별로다.

주인에게 좀 썰렁하다고 하니 예전에는 괜찮았는데 현재는 시설 낙후로 인해 사람들이 뜸하면서 여기 시설은 단체손님 위주로 장사하다 보니 좀 웃는다. 포장마차 안은 맞은편은 주인과 아저씨의 공간. 좌 우는 한두 명씩 나는 전면 넓은 자리에 주인과 담소를 나누면서 술을 하고 있다. 사람이 없다 보니 나도 술과 담소로 시간을 보내고 여행 중 이야기를 이어갈 쯤 세 명의 여자분이 들어온다. 내가 가운데 있다 보니 좌측에 한 명 우측에 두 명이 따로 앉아 나의 여행이야기와 술 한잔씩 한다.

한 여인이 얼마나 여행 중인가 묻는다. 한달 가까이라고 하면서 술을 들이키니 너도나도 반색하며 제일 아쉬움과 기억에 남는 것 무엇이냐면서 묻는다.

온양온천 마지막 여정

내가 먼저 아줌마에게 세 분의 사이를 물어보니 고등학교 동창이며 모처럼 시간을 내 여행 왔다고 하면서 깔깔대면서 남자와 여자의 차이가 어쩌고 저쩌고 하면서 술을 먹는데 나 또한 주량이 반 병이나 아줌마들 수다로 반 병을 넘긴다. 얼마나 시간이 지난 지 모르지만 양쪽의 여자의 손은 내 똘똘이에 관심을 가지면서 똘똘이 성을 내면서 여행 중 제일 기억 나는 것 재차 묻는다. 나는 백암온천 뒷동네의 아름다운 두 아기의 엄마 너무 아름다운 그녀 이야기 하면서 우측 여자의 코트에 손을 넣으니 여자는 술 취한 척 고개를 숙인다. 약이 오른 두유는 땡글땡글 하면서 몸을 부르르 떤다. 여자들의 수다에 내가 술값 계산하려 일어나니 여자분들이 술을 더 할 것이며 본인들이 낼 터니 일어나 가라고 한다.

일어나 가려고 하니 우측에 있던 여자분도 일어나
나와 동행하게 된다.

아침 일찍 일어나 몸단장하는 그녀에게 전화번호
넘기니 서울서 만나자고 한다. 나는 그러자고 하니
여자는 손을 똘똘이한테 수고했다면서 입맞춤한다.
똘똘이는 무엇이 반가운지 고개를 치켜 세우니 여
자는 다시 침대 속으로.

나는 앞으로 천당과 지옥의 경험은 없을 것을 생각
하면서 여자가 적어 준 수표 뒤의 이름을 보니 이
름 또한 예쁜 이름이다. 서울 누나에서 하루 묵고
부평에 방으로 여정의 짐을 푼다. 내가 할 수 있는
여러 사람 만나서 이야기 하면서 옛날 가리봉동 고
물상 사장님을 찾아가 지난 이야기와 앞으로의 일
을 논하니 지난 좋은 시절 다 잊고 고물상 하라고
한다. 부평의 여러 군데 자리를 보다 부평 작전동
세무서 공터가 있어 자리를 알아보니 대서 하시는
분 본대지 관리한다고 하면서 주인 함향근씨를 소
개한다.

고물상은 두 달이 지나면서 안정이 되어 가면서 광주 역에서 만난 여인의 주소로 찾아가니 유명한 시계회사 전화번호와 주소다. 경비실에 가 이름을 대면서 물어보니 없다고 한다. 그럴 것도 하다. 내 모습은 물들인 군복 작업복의 워커 125cc의 마후라 터진 오토바이 누가 봐도 도둑놈 놈팽이 나중에 내가 내 모습을 봐도 이 모습은 아니다였다.

누나, 결혼해야겠어

시계회사와 고물상 거리 2km가 안 된다. 몇 번인가 찾아가니 연락이 오는데 부평역의 옆의 대한다방에서 만나자고 한다. 아마 일요일인가 보다. 다방에서 서너 시간 기다려도 오질 않아 역전을 한 바돈 다음 다방에 다시 들어서니 여자분은 다방을 한번 가본 다음 문으로 나오는 중 문 앞에서 서로 마주보면서 웃고 만다. 여행 중 빵덕모자를 써 쓴 모자의 느낌을 봤는데 머리가 허리까지 내려온 아름다운 청순한 긴 머리 여성이다. 나는 깜짝 놀라 다시 한번 보면서 다시 한번 좋은 모습으로 본다. 나는 사회인이 되어 약속의 5분의 시간을 기다리지 못

한 조급한 성격이지만 오늘 4시간 기다린 보람이라고 할까 보상이라고 할까?

그 이후에도 시간 약속을 하면 보통 한 시간은 기본이다. 한번은 작업복 오토바이 타고 회사에 찾아간 적 이야기를 물으니 아주 안 좋은 도둑놈 깡패 여러 가지 안 좋은 이야기란다. 하기야 마후라 터진 오토바이 시커먼 작업복 머리는 장발 수염은 어느 남자와 여자가 보아도 아니다 싶을 것이다. 나는 저녁에 심심하면 큰 대로변에 있는 다방에서 자주 놀러 가 아가씨와 주인 누님과 이야기 하다 보면 시간 가는 줄 모른다. 어느 날 여인이 두 번 정도 다방에서 만나니 누님이 어떤 사이인지 물어본다. 사귀는 중이라고 하니 축하한다고 하며 다방 아가씨들한테 말과 행동 조심하라며 아가씨들에 이야기 한다.

5개월쯤 회사 그만두고 미장원 차렸다고 같이 가자고 한다. 미장원은 부평동 외진 곳은 아니지만 그런대로 미장원 되는 모양이다. 사귄 지 육 개월쯤 미장원에 찾아가 서로가 술이 과하게 먹다 보니 우리의 둘만의 시간을 갖는다. 아침에 일어나보니 보이질 않아 곰곰이 생각에 망치로 머리를 한방 먹은 것 같다. 삼일 뒤 다시 만나 나이 서른이 넘을 때까지 뭐했냐고 물으니 웃기만 한다. 다방에 와있다고 전화가 와 다방에 와보니 긴머리는 어디 가고 단발머리만 보인다. 웬일이냐 물으니 웃기만 한다. 아마 이때가 6월인가 보다 다음 주에 평택에서 보잔다. 긴장 속에 평택 예식장에 가니 다방으로 내려간다. 아버지와 엄마라고 소개하며 지금 사귀고 있다고 하니 지금 현 상황과 부모님에 대해 묻는다. 나는 있는 그대로 이야기 하니 알았다고 한다. 나중에 들으니 사람 하나는 성실하게 보인다며 잘 해보라고 하시는 모양이다. 나는 다방에 주인 누님이 한마디 한다. 나 또한 여자며 지금 사귀고 있는 여자는 내가 생각 의외로 많은 장점을 가진 여자며 동생한테는 과분한 여자라고 하면서 다시 한번 다 아가씨들에게 조심을 강조하며 아예 고물상에는 가지 말라고 한다. 아마 9월쯤 됐을 때 형순씨 우리 아까운 시간 허무하게 보내지 말고 같이 삽시다. 나한테 바라는 것 있으면 이야기 하라고 하니 일년에 한번 연극 같이 보자고 한다. 알았다고 하면서 나에게는 두 분의 누님이 계시며 어느 한 분이 잘 못되면 모실 수 있냐고 물으니 그렇게 하마 한다.

나는 형순씨가 그렇게 하면 같이 살면서 여자로 인해 눈물 흘리는 일은 없을 것이라고 하니 얼굴을 한참 본다. 나는 큰누나와 작은누나에게 결혼 이야기를 하니 놀라며 너의 댁 될 사람 보자고 한다.

나에겐 3명의 친구가 있다.
어려울 때 힘과 용기를 준 친구들.
20대 도봉동의 김문수란 친구.
20대에 만나 50대까지 형제 이상으로 지낸 친구.
김호식 30대 때 국악예술원의 대금을 부는 친구.
어렵고 힘들 때 만나 어려움을 같이 토로한 친구.
부모님 또한 개성이시기에 서로가 의지했는지 모르겠다.
정복환 30대에 만나 아직까지 서로가 형제 이상으로 지내고 있는 친구.
절대로 잊을 수 없는 친구들이다.

대통령님
국방위원장님
통일부장관님

저는 11살 때 아버지 유언이 아버지가 태어나 젊은 시절을 보내신 곳. 유년시절 장년시절에 지내신 곳. 누나가 태어나 유아시절을 보내신 곳. 현 자남여관 개성에 있는 곳. 너희들을 한번은 데려가 보여주고 싶은 곳. 이 다음 커서 동생과 누나를 데리고 꼭 가 보기 바란다는 유언을 남기셨습니다. 저는 꿈같은 현실을 바라보면서 저의 큰 누나가 태어난 곳. 누나가 너무 아프시기 때문에 아버지 같은 매형. 엄마 같은 누나. 누나 같은 우리 형순씨 모시고 개성 자남동 여관에서 하룻밤을 보내게 해주시면 여한이 없겠습니다.
일생의 소원이며, 간곡히 부탁 드립니다.

이 책을 매형과 누나에게 바칩니다.

너를 어떻게 하면 좋으냐 너를

2022년 5월 31일 발행

저　　　자　김 원 식

발　　　행　영상복음
발 행 인　최 득 원
편　　　집　정 동 희
등　　　록　815-32-00359
주　　　소　서울시 중구 을지로 18길 12
전　　　화　02-730-7673 / 010-3949-0209
팩　　　스　02-730-7675

정　　　가　**10,000원**
I S B N　　978-89-94945-60-6(03810)

공급처 ｜ 가나북스 www.gnbooks.co.kr
전　화 ｜ 031-959-8833(代)
전　화 ｜ 031-959-8834